ヤクザに永遠の誓いを迫られています

Sin Inazuki

稲月しん

CHARADE BUNKO

Illustration

秋吉しま

CONTENTS

ヤクザに永遠の誓いを迫られています

CHARADE BUNKO

玄関で音がして、同居人の帰宅を告げる。

「柏木《かしわぎ》っ！」

名前を呼んでオレは立ち上がった。戻ってきたら文句を言おうと待っていたんだ。

柏木浩二《こうじ》。二十九歳。すっと伸びた鼻筋に、意思の強そうな眉《まゆ》。思わず周囲が避けてしまいそうなくらいの圧倒的な存在感がある。男前だが、目つきが鋭すぎて近づきがたい。やたらと高そうなスーツもそれに一役買っている。

職業は……ヤクザ。いや、会社もいくつか経営してるって言ってるから純粋なヤクザとは言えないかもしれないけれど、国内でもトップクラスの組織、常盤会《ときわかい》の御曹司だ。

そんな男とオレが同居してる理由は話せば長い。なかなか波乱に満ち溢《あふ》れた物語になるが、一言で纏《まと》めるとオレと柏木は恋人同士だ。

オレの名前は秋津比呂《あきつひろ》。都内の大学に通う二十歳《はたち》の学生。

特徴と言えば、無駄に整っている顔だろう。茶色の髪にアーモンド型の大きな瞳《ひとみ》に長い睫毛《まつげ》。色は白い方だが、高校時代にかじったバスケのおかげで貧弱というほどではない。それらが合わさって……まあ、大学ではわりとモテた。楽しい大学生活を満喫していた。

それなのに、去年の秋に大がかりな鬼ごっこの末にうっかり絆《ほだ》されてつき合い始めたのが男……しかもヤクザだなんて笑うしかない。冬を迎えるころにはしっかり気持ちを自覚した。隣を誰《だれ》かに譲ったりしない。柏木浩二はオレのものだ。なんて恥ずかしい宣言までしてしまった。

つき合い始めたのとほぼ同時に始まった不自由な同棲生活にも最近は慣れてきた。鎖つきで監禁されたり、柏木に恨みを持つ相手に拉致《らち》されたり、柏木のお兄さんかお姉さんかよくわからないような人と知り合いになったり……。おだやかとは言いがたい生活ではあるが、それなりに楽し……。

楽しい？

ああ、オレ、どっかおかしくなってるかもしれない。柏木との生活は非日常が溢れてて、振り回されてばかりなのに。

「比呂、どうした？」

いつもは玄関で出迎えないオレが現れて、その顔が少し柔らかくなる。

冷たい印象を与える柏木が表情を崩すとその効果は絶大だ。だが、そんなものに負けるわけにはいかない。

「オレのパソコン！」

「パソコンがどうした。壊れたのか？　新しいのを買ってやろうか？」

そうやってすぐにオレにものを与えて懐柔しようとするのは、もはや癖のようなものだと思う。だが、オレは懐柔されない。

「なんで、就活関連のワード入れるとゲームのサイトに飛ぶんだよ！」

絶対に柏木が何かやったに決まっている。食ってかかると、柏木は器用に片方の眉を上げた。

「それで何か困るのか？」

「困るに決まってる」

今日はサイトに飛ぶなり、いきなりゲームがスタートした。思わず始めてしまったのはオレが悪いが、そもそも設定がおかしい。

「就職活動。今はネットで情報集めないと始められない」

「パソコンで集める必要はないだろう」

「携帯はお前に情報が筒抜けだろ？」

別に見られて困るようなことはない。ないのだが、興味がある会社のサイトを覗《のぞ》いているとその日の夜にはその会社のマイナス情報を書類の束にして渡されたりする。そうやって諦《あきら》めた会社はもう数え切れなくて……。

「家で調べられなくても、学校でも調べられるはずだ。それをしないということはそれだけの気持ちだということじゃないか？」

「そうやって地味に嫌がらせするなよ」

「していないさ。お前が興味を持った会社はちゃんと調べて資料を渡している」

マイナス情報の資料なんてメンタルを削るだけだ。オレが選んでるのが全部ブラック企業みたいに思えてくるが、決してそんなことはないはず。柏木は意図してプラス情報を抜いたものを渡しているに違いない。

ふたりで廊下を歩いてリビングに入る。柏木が着ていた薄手のコートを脱ぎながら寝室へ向かうのにぴったり寄り添ってついていく。着替えるんだろうけれど、出てくるのを待っていられない。

「だから……うわっ」

寝室の扉を開けたところで、ぐっと腕を引かれた。ふらりとバランスを崩したオレを抱きとめて……柏木が顔を寄せる。

「待っ……!」

咄嗟《とっさ》に手を柏木の唇に押し当てる。セーフだ。

「なんでもキスで誤魔化《ごまか》そうとするな」

体を押すようにすると離れてくれた。

「キスぐらいで誤魔化すわけないだろう。それ以上のことだ」

にやりとしながらとんでもないことを言うから、慌てて寝室を出た。これ以上一緒にいるとベッドに連れ込まれかねない。

リビングのソファに座り柏木が着替えてくるのを待つ。

ポケットから出した携帯で時間を潰《つぶ》していると、わりとすぐに寝室の扉は開いた。

戻ってきた柏木は、グレーのズボンに白いシャツとラフな格好だ。ジャージとかスウェット姿は見たことがない。たまにバスローブでうろついているときもあるけれど、あれは似合いすぎて怖い。

「そんなことより、少し話がある」

そんなこと？

むっとしたオレに苦笑いしながら、柏木はオレの横の椅子《いす》を引いて座った。

「今度、会合がある」

「会合？」

「ああ。常盤会と関西方面の組織との会合だ。年に一度ある大がかりなものだが今年は向こうで行うことになってな」

改まって言うので身構えたが、要はヤクザなお仕事に関する出張の話のようだった。

「来月六日からだ。向こうに泊まることになるだろう」

「ふうん」

何げなく携帯のカレンダーを見る。ちょうど二週間後だ。思えばつき合い始めてから柏木が泊まりでいなくなるなんてことなかったなあと思う。

「行ってらっしゃい」

そう言うと、柏木が少しだけ眉を上げる。

「ん？」

「お前も来い」

「は？？？」

思わず携帯を床に落とした。ゴトリと重い音が響くがそれどころじゃない。

「ちょっと待って！　ヤクザの会合だよね？」

パソコンの設定に関しての文句が頭から綺麗《きれい》さっぱり消えていく。

さっき、年に一度ある大がかりな会合だって言ってなかったか？

「そうだな」

柏木が携帯を拾ってテーブルの上に置いてくれた。ありがとう。……じゃなくて。

「なんでそんなのについていかなきゃいけないいんだよ！」

「会合と言っても親睦会のようなものだ。毎年ある恒例行事だな。朝霞《あさか》亮《りょう》も行くはずだ」

え、亮？

突然、柏木の口から出た親友の名前に動揺する。亮からそういう話は聞いたことがない。ないけれど……思い返してみると、毎年この時期に家族旅行だと出かけていた気はする。

そんなデンジャラスな家族旅行だなんて思っていなかった。

「別に顔を見せる必要はない。俺が連れてくる人間がいるのだという事実だけでじゅうぶんだ」

「何それ。怖いんだけど」

「終われば少し足を延ばしてどこかで一、二泊してこようと思っている」

足を延ばして……。

その言葉にちょっとだけ揺れた。

思えばこの数ヶ月、大学とマンションの往復だけだ。ご飯を食べに行ったりはできるけれど、何かのイベントや遊びになんて出かけていない。

「……どこに?」

「どこでもいいぞ。お前の好きなところへ」

どこでも。

なんていい響きなんだろう。

「関西方面って、どこ?」

「多分、大阪《おおさか》になるだろう。そこから行くなら、九州、四国……思い切って沖縄《おきなわ》あたりまで行ってもいい」

沖縄!

それ、ちょっと足を延ばすって範囲じゃない気もするけれど。でも沖縄かあ。沖縄、いいなあ。行ったことないんだよなあ。

「海……」

沖縄といえば、海。まだ季節は早いが、今年は気温が高くなるのが早いと言っていた。沖縄なら海開きしているところもあるかも。

海といえばビーチ。ビーチといえば女の子。

そこまで想像してへにゃりと顔が歪《ゆが》むが、ふと目の前の目つきの悪い男を見て現実に戻った。

「沖縄っていっても、柏木……海とか無理じゃん」

「海？」

「その背中のやつ、絶対ビーチやプールに入らないでくださいって言われるだろ」

お洒落《しゃれ》で入れる刺青《いれずみ》なら大丈夫なところはあるかもしれないが、柏木のは背中全面にあるガチなやつだ。隠せるレベルでもないし、そもそも隠そうとするとは思えない。

「海に行きたいのか？」

「そりゃあ、可愛《かわい》い女の子がいるところがいい……し……？」

すうっと柏木の目が細くなって、オレは自分の失言に気づく。

「比呂」

体を寄せてくる柏木を避けるように、座ってるソファの端に移動する。

「いや、待って！　声かけたいとかそういうことじゃなくっ、ただ、水着の女の子がいる光景に癒されたいって思っただけでっ……！」

ああ、ダメだ。まったくフォローになっていない。

「比呂」

「わかった！　沖縄やめる！　海行きたいなんて言わない！」

柏木が動きを止めたのでほっとする。あのまま捕って、どういうことになるかだなんて考えたくない。

「九州って、何があるの？」

「九州は温泉か。大分《おおいた》にはいろんな温泉があるな。福岡《ふくおか》で美味《うま》いものを食うのもいい」

いいなあ。温泉。

都内のなんちゃらランドみたいなところでなくて、星空見ながら入るような、本格的な温泉。

いや、待って。温泉って……。

「柏木、温泉も無理じゃね？」

よくよく考えれば、あの背中の刺青はいろんなところで拒否される。そもそもヤクザをシャットアウトするためにあのルールがあるわけだから、柏木が拒否されないで誰が拒否されるんだよって話だ。

「一緒に行ってもオレひとりで温泉入ることになるじゃん？」

「ひとり？　部屋の風呂《ふろ》に入ればいいだろう」

「は？」

「部屋についてるものだろう、風呂は」

「……」

その言葉をたっぷり十秒考えて、思い当たった。こいつ、部屋に温泉がついてるような宿しか泊まったことがないんじゃないかと。

「大浴場とかは入れないじゃん？」

「……大浴場？」

そもそも、大浴場なんてものは柏木の頭にないのか。そうか。オレが部屋についてる温泉が思い浮かばなかったように、柏木は大浴場に入るという頭がないのか。

「部屋についてる温泉はいい。すげえいいと思うけど、大浴場と両方楽しめるから贅沢《ぜいたく》なんじゃないか」

温泉宿に泊まったら、そこにある温泉をすべて制覇したいと思うのが普通だろう？

「……つまり、何か。お前は他《ほか》の男がいつ入ってくるかもわからない大浴場にひとりで行きたいと？」

柏木のその言葉に固まった。柏木は変態な上に独占欲とか執着心がひどい、面倒な男だ。

知らない誰かに裸を見られるなんてことを許すはずがない。

「え、待って。オレ、温泉行けない？」

その状況を想像して呆然《ぼうぜん》とした。

「オレ、この先ずっと温泉行けない？」

あんまりな現実にもう一度声に出す。そんな馬鹿な話があるか。

面倒な恋人の独占欲なんかで、オレはこの先ずっと温泉の楽しみを取り上げられるというのか？

「貸し切るか？」

無駄に権力や金を使おうとするのに腹が立つ。

「オレが入りたいからって、他の人の時間を奪うのは嫌だ」

「……面倒だな」

お前がな！

そう言ってやりたいけれど、がまんした。オレも大人に近づいている。

「四国は？」

「そうだな。四国はどこに行っても魚は美味い。温泉もある」

魚。

さーかーなー。

「香川のうどん！」

そういえば、四国出身の奴が香川のうどんは別格だと言っていた。想像する十倍は美味いって。

「ああ。有名だな。確かに美味い」

「柏木、食べたことあるの？」

「まあ、香川の文化だからな。ホテルの朝食にも出てくるくらいだ。香川にするか？」

「待って。他は？」

香川のうどんがおいしいことはわかっている。じゃあ、他はと気になった。

「愛媛《えひめ》は鯛《たい》めしか」

「鯛めし……！」

もうその響きからしておいしい予感しかしない。

「ご飯と一緒に炊き込むやつ？」

「まあ、それもあるが、有名なのは刺身で出てくる鯛めしの方だな」

何それ。

オレの目がキラキラしているのに気づいた柏木が鯛めしについて説明してくれる。刺身を白いご飯に乗せて、卵とタレをかけて食べるらしい。半透明のキラキラした刺身をホカホカのご飯に乗せるのを想像しただけでテンションが上がる。

「高知《こうち》はカツオだな」

「カツオ？」

それほど珍しい魚ではないような気がする。旬の時期には回転寿司でも出てくるし……。

「カツオのタタキは藁《わら》で一気に焼き上げて、氷でしめる。厚めに切って、輪切りのにんにくと一緒に特製のタレで食べる」

あああああ。なんかテレビで見たことある。豪快に炎の中に突っ込んで表面炙《あぶ》るやつ！

輪切りのにんにく？　特製のタレ？

美味いに決まってる。

「徳島《とくしま》は？」

「徳島は……鯛か。まあ、愛媛でも聞くが、徳島の鯛は鳴門海峡《なるとかいきよう》で鍛えられて身が引きしまっている」

「ヤバい。全部食べたい」

香川のうどんに愛媛と徳島の鯛。高知のカツオ。

四国っていまいち印象ないけど、そのぶん知らないおいしいものがたくさん存在していそうだ。

だいたい、あそこってどの県も海に面している。どこに行ってもおいしい海の幸があるに違いない。四国……。四国かあ。この先、沖縄や九州に行くことはあるかもしれないけれど、四国ってあんまり行かなさそうな気がする。

「四国にする！」

「ああ。どこに……」

「それは今、決められないからあとで！」

うどんに鯛とカツオ。いや、きっともっとたくさんあるに違いない。大学で四国出身の奴にリサーチしてみよう。ついでに観光名所なんかも。

観光……観光かあ……。

ふと、柏木を見つめる。

柏木、観光なんてするんだろうか？

よくよく考えてみれば、恋人同士の楽しい旅行のはずだ。けれど、柏木と観光というものがどうしたって結びつかない。

なんでだろう。そういえば、柏木と映画に行くっていうのも想像できないし、遊園地や水族館なんてのも考えたことがなかった。一度だけ遊園地はあったが、あれはノーカウントだ。あんな切羽詰まった鬼ごっこでは一緒に行ったとは言わない。

オレたちは世間一般の恋人らしいデートをしたことがないんじゃないだろうか。それなのに、最初に行く旅行がヤクザの会合だなんてあんまりだ。

キャッキャャッウフフのおつき合いをしたいのだとは言わないが、もうちょっと甘い空気の出せるイベントはないものか。

甘い……？

「あ」

恋人同士の甘いイベント。

「どうした？」

思い出した。

オレ、来月……誕生日だ。

「三月八日」

柏木が誘ってくれたのはそのせいだろうか。

「ああ。そうだな」

心なしか、柏木の微笑《ほほえ》みが甘い。

伸びてくる手を避けずにいたら、頰《ほお》にぬくもりを感じる。近づいてくる顔に目を閉じれば、ゆっくり唇が重なった。

「東京《とうきょう》にいなければ、邪魔も入らないだろう」

大切にされている。

そう感じることが、心地《ここち》いい。ちょっと行きすぎなところもあるけれど。いや、ちょっとじゃなくて行きすぎたところがあって、変態で執着心も強いけれど。

「柏木はどっか行きたいところは？」

「比呂の、行きたいところに」

持ち上げられて、向き合うように膝《ひざ》に乗せられる。首筋に寄せられる唇がくすぐったい。

「学生時代に行きたいところへは行った」

学生。

その言葉に、驚いた。そして驚いた自分にも驚いた。

「柏木に学生時代なんてあったの？」

それはもちろんあったはずだ。あったはずなんだけど……柏木が大学にいる姿とか、高校の制服着てる姿とかまったく想像ができない。

「人並みに」

少し笑った柏木にはきっとオレの知らない時間がたくさんある。そう思ったら少しだけ面白《おもしろ》くなかった。

「どうした？」

「だって、柏木の学生時代にオレはいないんだなあと……」

柏木が学生服を着て高校に通っていたころ、そこにオレはいなかった。柏木はきっと過去にいろんな人と出会って恋愛を経験して、毎日楽しく過ごしてたんだろう。

オレがいない場所で。

その場所で柏木はどんな表情をしていたんだろう。

今みたいに、笑ったりしていたんだろうか。

「お前を見つける前の俺など、つまらない男だ」

ぐっと腰を引かれて……ああ、これなんかまずいスイッチ押しちゃったなあと思う。

「それを言うなら、俺がいないときのお前はどうしてた？」

「どうって……普通に……」

「普通に？」

「飲みに行ったり、カラオケ行ったり……」

ぴくりと柏木の眉が上がる。

「ライブ行ったり、フェス行ったり……」

「比呂」

「うるせーよ。柏木がいないときだったら、普通に学生生活、満喫してたよ！」

柏木がいないときの生活。

思い返してみると、楽しいことばかりだ。

入った大学で、新しい人間関係作って、それなりにモテて女の子たちと遊んで……。二十歳になって酒も飲めるようになって……。

それがどうしてうっかり、こんなヤクザに惚《ほ》れちゃったのだろう？

柏木が男前なのが悪いのかと思って両頬を引っ張ってみるけれど、どうやら顔だけが原因でもないようだ。引っ張られてぶさいくになっても、柏木は柏木だ。

ぱっと手を離すと、少しだけ眉間《みけん》に皺《しわ》が寄っている。

「普通の学生生活が、恋しいか？」

その言葉に今度はオレが眉間に皺を寄せる。

面倒くさく考えるのは、柏木の悪い癖だ。

「お前が全部取り上げたんだから、責任取れよな？」

普通の学生生活というものが恋しくないと言えば嘘《うそ》だ。けれど、それと今を比べれば……オレが選ぶのは決まっている。

柏木の頬に手を当てて、軽く唇を合わせる。

離れていくときに驚いたような顔をしている柏木は、きっとまだオレからの甘い言葉を飲み込めずにいる。

その顔が……。ゆっくり、笑みを浮かべて。

それから、目がぎらりと光る。

「いくらでも責任取ってやろう」

柏木の手が後頭部に回って、近づく……唇。

あ、と声を上げそうになったところを嚙《か》みつかれて、深く舌が入り込んでくる。

なるときがある。


「んっ……」

言葉も、態度も……柏木は惜しまない。

「比呂。愛している」

それにどうしようもなく甘え切ってるオレは、ずぶずぶと足元が沈んでいくようで怖くなるときがある。

ピピピ、と響く機械音を止める。

携帯の画面を見て、七時半だと確認したオレは勢いよく体を起こした。

柏木はオレを起こしてくれない。普通に大学がある日でも、絶対に起こしてくれない。なんなら留年すればいいと思っているようなところがある。そもそも、大学をやめて家にいればいいなんて考えているかもしれない。

「……だる」

柏木はしつこい。濃い。面倒くさい。体力もじゅうぶん。

ワーカホリックな面があって……もう寝室にはいない。

さすがに家にはいるのかなと思ってリビングに向かうと、おはようございますと声をかけてきたのは高崎《たかさき》さんだ。

見た目はそのへんにいるサラリーマン。電車なんかに乗ってると紛れ込んで印象に残らないだろう。しいて特徴をあげるなら目元はちょっと下がり気味で、眉が太い。困ったときはよくその太い眉を下げている。

高崎さんがいるということは、柏木は家を出たんだろう。

高崎さんはオレ専属の護衛だ。柏木はいろいろといろいろな人間なので仕方ない。

ぼんやりしたサラリーマンの見た目に反して、高崎さんはすごい。何がって、腕とかガッチガチだ。胸筋や腹筋は触らせてくれないが、腕立て伏せを見せてと言ったら、親指だけで軽々とやっていた。

はっきりとした年齢は教えてくれない。このおじさんの年齢を隠して誰が得をするんだろうと思うけれど、プライベートなことはのらりくらりとかわされてしまう。

会話から拾った推定年齢は三十八歳。バツ三らしい。あと、カラオケで歌うのはアニソン。ボーリングのアベレージが百八十なのは知っているが、情報はそれくらいだ。なかなか謎《なぞ》なおじさんである。

「おはよー……早いね」

「ええ。社長が早く出られる予定でしたから」

高崎さんの勤務時間は、柏木がいない間だ。

柏木が出勤すると現れて、帰宅するといなくなる。休みは……あれ？　高崎さん、休みあったかな？　かなりブラックな労働環境な気がする。

「高崎さんって、休みあるの？」

「休みですか」

少し首を傾《かし》げられて、オレの方が不安になる。

「だって、いつもここにいるじゃん」

「比呂さんの警護を他に任せるわけにはいきませんから」

「でも休みは必要じゃ……」

「そのうち、取りますよ」

にこにこと笑う高崎さんは……うん、休みなんて取らなさそうな気がする。ここにもワーカホリックがいたよ。

呆《あき》れながら洗面所で顔を洗って戻ってくると、ダイニングテーブルには朝食が用意されていた。

ホカホカの白ご飯に焼き鮭《じゃけ》とみそ汁。絵に描いたような和朝食だ。自分では決して用意しない完璧な朝食。

「今日は大学ですか？」

「うん、そう」

椅子に腰を下ろして箸《はし》を取る。胃袋を摑《つか》まれるってこういうことかなと思う。朝からこんな贅沢なご飯なんてひとり暮らしのときには不可能だった。

「あー、来月、柏木の会合にオレも一緒にって言うんだけど……」

「はい。聞いております。そのあとは四国方面へと」

じゃあ、そのときに高崎さんは休みを取れば、と言おうとして高崎さんが随分前のめりになっていることに気づいた。

「四国といえば、坂本龍馬《さかもとりようま》ですよね？」

「ん？」

「坂本龍馬、中岡慎太郎《なかおかしんたろう》、岩崎弥太郎《いわさきやたろう》……武智半平太《たけちはんぺいた》に、山内容堂《やまうちようどう》ですよね？」

いや、待って。

「四国？　それ全部四国の有名人？」

「土佐《とさ》です。高知の有名人です」

うん。なんか、限定されている気がした。

「高知の空港は高知龍馬空港《こうちりようまくうこう》なんですよ！」

高崎さんが生き生きしている……！

「た……高崎さん、歴史好きなの？」

「歴史というよりは、江戸から明治に変わるあの転換期のエネルギーにどうしようもない魅力を感じておりまして」

うん。高崎さんがいつもより多くしゃべっている。

「……高知、行きたいの？」

「えっ！」

オレの言葉に、大きく動揺する高崎さん。どうやら自分の意見を言ってしまったことを恥ずかしがっているようだけど、行きたいかという問いかけを否定はしない。

「いやっ、あのっ、確かに滅多に行けるような場所ではありませんが……っ、その行きたいというわけではっ……！　もう、何度も行っていますし！」

「高知、行きたいんだ」

行ってるんだ。それでも前のめりになるくらい、行きたい場所なのか。

「じゃあ、高知のおいしいもの教えてよ」

「はいっ！　まず、カツオのタタキは有名です」

「あ、柏木から聞いた。にんにくと一緒に食べるやつ」

「はい。高知のタタキはこちらと違って随分肉厚です。それでいてまったく臭みがない。タレも専用のものがあるんです。最近は塩タタキというのも流行《はや》ってまして、本来ならすぐに氷でしめるところを、炙った熱が引かないうちに塩をパラパラっと！　これがまた絶品で」

高崎さん……今、息継ぎしてたかな？　一気にしゃべってた気がするけど。

「それから、市内を少し離れますと海に浮かべた筏《いかだ》の上にあるレストランで貝を網焼きにして食べたり……」

は？　貝を網焼き？　筏の上ってどういうこと？

「チャンバラ貝、ながれこ、長太郎《ちょうたろう》。珍しい貝も多いですよ」

な……なんか聞いたことないものばかりだけど、ヤバそう。

「長太郎は帆立に似た形の貝ですが、貝殻は赤や紫、黄色といった非常にカラフルな見た目でして。ホタテより小ぶりなんですが、そのぶん旨味が凝縮したような味でやみつきになります。炙っている貝の中にネギを散らして、ちょっとしょうゆを垂らして食べるのが絶品で」

え……。ヤバ。なんか涎出《よだれ》そうなんだけど。貝とネギ？　しょうゆ垂らして……って、絶対おいしいじゃん。

「岩崎弥太郎生家の近辺では取りたてのしらすです。生はやっぱり新鮮でないと食べられません。おすすめは生と釜揚げとを半分ずつ乗せたしらす丼ですね」

しらす……しらすかあ。岩崎弥太郎って人の生家がどこかは知らないけど、熱々のご飯の上に乗せたらおいしいんだろうなあ。

「それから、中岡慎太郎の生家付近では金目鯛《きんめだい》」

金目鯛って、高級魚じゃなかったっけ。食べたことあったかな？　ないような気がする。

てか、さっきも思ったけど、生家と言われても場所がはっきりイメージできない。

「海産物ばかり言いましたが、鶏肉《とりにく》では土佐ジローという地鶏が……」

「ちょっと待ってっ！」

ヤバい。情報量が多すぎてついていけない。

「高崎さん、高知出身だっけ？」

「いえ」

さらっと否定するけど、この情報量は一般的じゃない。

「高知そんなに好きなんだ」

「……はい」

「何回くらい行った？」

「最近は、あまり……。若いころは年に一回は」

そう言って笑う高崎さんが幸せそうだ。

高崎さんにはいつも迷惑かけてるし、旅行先は高崎さんの希望でもいいかもしれない。

高崎さんがこんなにテンション上げるのは見たことないし。

純粋な休みじゃないけれど、きっと楽しい旅行になるはずだ。

「うん、じゃあ高知にしよう」

「えっ！」

えっ……？　あれだけ語っておいて驚くってどういうこと？

「だって、貝もしらすも金目鯛も気になるし。カツオの塩タタキも食べたいし」

「最初はタレで！」

「じゃあ、両方」

タレでも塩でも食べてやろう。待ってろ、高知！


「亮、ちょっと図書館寄るから」

「図書館？」

授業が終わり、亮が不思議そうな顔をして振り返る。オレと図書館が似合わないとか思ってそうだ。まあ、実際、滅多に行く場所ではないけれど。

朝霞亮は中学時代からの親友で、高校、大学と一緒で柏木に会う前はバイト先も一緒だった。頼りがいがあるし、頭も要領もいい。いつも爽《さわ》やかな笑みを浮かべているから、周囲に与える印象だって悪くない。

柏木と同じように、家がヤクザでその後継者だと知ったのは柏木とつき合い始めたころだ。驚きはしたけれど、同年代と比べていつも落ち着いている亮はどこか周囲とは違う雰囲気を持っていた。ちょっと納得した部分もある。

前から何かと助けてもらってはいたんだけど、このところは大学構内でのオレの護衛も務めてくれている。まあ、普段から取ってる講義もほぼ一緒で、だいたいつるんでいたから何も変わらないといえば変わらない。

「ちょっとパソコンで就活関係調べたくて」

「就活？　諦めてなかったのか」

「は？　普通にするし！」

「普通というには遅いがな」

そう言いながらもオレの希望どおり図書館に向かって歩いてくれる。

「で、どうして図書館なんだ？」

「オレのパソコン、就活関係のワード入れると強制的にゲームのサイトに飛ぶんだよ」

自分のパソコンに何が起こっているのかはわからない。けれど、あきらかに細工をされたんだ。オレの意思の弱さをついた巧妙な罠《わな》だと思う。

「……笑いたきゃ笑えよ」

亮の肩が震えている。

「携帯は？」

「あれは情報漏洩《ろうえい》がすごくて。企業の説明会に申し込みのメール送っただけでその日の夜に柏木から申し込んだ企業のマイナスをたんたんと語られて……」

「なるほど。緩く反対する方向性か」

そう、そうなんだ。

オレが就職したいと言ったことに対して、柏木は一緒に考えようと言った。それにもかかわらず、そういう地味な嫌がらせを続けている。

もう三年生も終わろうというこの時期になってもオレの就職活動はなかなか始まらない。かなり乗り遅れている感があって焦っている。

図書館に着いて、ノートパソコンを借りてふたりで入れる自習室へ向かった。なんだかんだとしゃべってしまうし、個室の方が気兼ねしなくていいだろう。

「なにか具体的に考えてるのか？」

ノートパソコンのセッティングをしているオレに亮が聞いてくる。

亮は卒業後は本格的に組関係に関わるらしい。つまり、就活とは無縁だ。

「顔を活《い》かして営業職？」

「無理だろ」

あっさり却下される。なんでだ。オレの長所といえば、この顔だ。それを一番活かせる場所を考えたっていうのに。

「営業職なんて柏木さんが許すはずない」

「……」

とりあえずパソコンの電源を入れて、その前に座る。

亮の言うとおりだ。人と接する職業でおそらく普通の業種より拘束時間も長くなる営業職なんて、柏木から許可が下りるはずはない。

「柏木さんの目が届いて、定時に終わって、休みも取りやすいような……。いっそ、柏木さんの会社はどうだ？」

「は？」

柏木の会社？

思いっ切りコネだ。そんなの、居心地悪いに決まっている。

「お前を雇える会社なんて相当に限られてるぞ」

「そんな大きな希望抱いてねえよ？」

「常盤会のトップに立とうとしている男とつき合ってて、一般企業に就職できると思うのか？」

「……」

オレは、想像してみた。

会社に就職したとして、柏木がする行動。

多分、送り迎えは譲ってくれない。つまり毎朝ベンツで会社に通う一般社員。

残業はさせてくれない。つまり定時になると仕事をほうって去る一般社員。

飲み会は無理。つまり歓迎会だろうと接待だろうと出席しない一般社員。

えーっと？

他には？

「お前が想像してるのはせいぜいが車での送り迎えだとか、接待できないとかだろうが、普通に警察にマークされるからな？」

「警察ぅ？　オレ、何もしてない！」

け？

今まで平凡に生きてきて、お世話になったことはない。だって、オレ悪いことしないもん。

「柏木浩二の女が、ただ働きたいからって理由で会社勤めしてると誰が信じるんだ？　ヤクザとの癒着を疑われて、お前が勤める会社は常にマークされる。税金の無駄遣いだな」

おう。それは完全な無駄遣いだ。

「え、ちょっと待って。じゃあ、オレどうしたらいいんだ」

「だから、まずそのあたりを柏木さんとしっかり話し合わないと」

話し合って、くれるだろうか。

なんだか押し倒されて誤魔化されそうな気がしてならない。

「オレの将来に対する不安をどうしてくれる？」

「知るか」

他人事《ひとごと》だと思ってか、いいアドバイスはない。いや、柏木の会社に就職というのはアドバイスのうちだろうか？

「それより、大学を続けることを考えるのはどうだ」

「え？　留年……？」

「違う。編入とか、院とか。その方が柏木さんも安心するんじゃないか？」

驚いて手が止まる。

「オレに、これ以上勉強を続けろと……？」

いや、それは悪いことじゃない。ないんだけど、そこまで熱心に取り組みたいと思うものはない。

「中途半端な考えで親に負担かける気はないよ」

「親じゃなくて、学費くらい柏木さんがもってくれるだろ」

「は？」

柏木が、オレの学費を出す？

「今でもいろいろ金出してるのに」

柏木と同棲しているマンションは、かなり高級なマンションだ。それほど大きな建物ではないにしろ、最上階のフロアには柏木とオレが住んでいる部屋しかない。管理費だけでもオレが払える金額なのか怪しいところだ。

衣食住に加えて好きに使えと黒い色のカードまで渡されている。まあ、現金を取り上げられてしまっているので仕方ないと言えば仕方ないけど、それにしたって度が過ぎている。その上にさらに学費？　いいや、ない。ありえない。

「お前が就職しないためなら、惜しくはないんじゃないか？」

「感覚がおかしくなりそうだ」

オレの言葉に亮が呆れたような顔をする。

「なんだよ」

「お前、自分の感覚が普通だと思ってるのか？」

随分、失礼な言葉だ。

「オレは一般人代表だよ」

だから普通に就職したいと思ってるんじゃないか。

「そうか？　……うん、そうか。そうなのか？」

言いながら首を横に振ったり縦に振ったりしているけど、オレの感覚はおかしくないはずだ。

「まあ、考えておけよ。専門学校でも楽しいかもしれないし」

専門学校。

四年間、大学に行かせてもらってその後で専門学校とか親不孝すぎる。いや、今から死ぬ気でバイトすれば学費くらいは……とそこまで考えて、ふと思い出した。

この前、馴染《なじ》みの美容師の楢《なら》さんに出張で髪をカットしてもらっていたとき、同じようなことを考えたんだった。

オレがカット中にいつも嬉《うれ》しそうにしてるから、美容師とか向いてるんじゃないかと言われて……。でも、今まで考えたこともない話だったし、いろいろあったから後回しになっていたけれど。

「専門学校かあ……」

どちらにせよ、オレひとりで決められることではない。

考え込んで……、パソコンの電源を落とした。こんなに決まらないんじゃ、とりあえず検索することも思い浮かばない。

「そういえば今度の会合、比呂も行くのか？」

出したばかりのパソコンを片づけ始めたオレを見て、亮が話題を変える。

進路に関しては自分で決めないとどうしようもないので仕方ない。

「行くけど、むしろその後の旅行がメインで……」

「そうか。旅行でつられたのか」

うん。まあ、そうだけど……。なんだか亮が溜息《ためいき》をついてるのを見ると会合に行くっていうのはやっぱりヤバいことなんじゃないかと思えてきた。

「まあ、柏木さんもお前をそばから離すことはないようだし、いい機会か……？」

「なんかあるの？　その会合ってやつ」

「柏木さんが、お前を『自分の女』だって見せびらかすだけだ」

ぴたり、とオレの動きが止まる。

「顔は出さなくていいって……」

「出さなくても一緒にいるだろう。顔見世だよ、お前の。連れてきてる相手がいるっていうだけで意味がある」

高知のおいしいものしか頭になかったオレに衝撃が走る。

「それって、またオレが狙《ねら》われたり？」

「しない。逆だ。これに手を出す奴は容赦しねえって宣言みたいなもんかな。会合に連れてくのは籍入れた後が多いけど」

籍……。それって、結婚ってことか。本来なら、結婚相手連れていく場所ってこと？

「何それ、重い」

「今更」

確かに、柏木が重いのなんて今更だが。

「柏木さんは表の会社に力を入れているから、あんまり裏に顔を出さなくなってるけど無関係ではいられないしな」

「亮も行くって……」

「ああ。行くよ。うちの叔母は関西の人間だから。この会合は毎年朝霞が仕切ってる」

そうか。従兄弟《いとこ》の友喜《ともき》が関西なんだから、亮はそちらとも繋《つな》がりがあるんだよな。

「会合の間、オレは相手してやれないけど、友喜はヒマしてるはずだ」

「マジで。じゃあ、友喜に連絡取ろ」

友喜とは随分会っていない。たまにSNSでやり取りはしているし、電話で話すこともあるけれど、それだけだ。

「会合の後はどこに行くんだ？」

「高知」

「高知？　四万十川《しまんとがわ》か」

亮の一言に片づけをしていた手がピタリと止まる。

そうだ。忘れていた。高知には川もある。

「……そこまで行けるかなあ？」

カツオと貝としらすと金目鯛……。もうお腹《なか》いっぱいだ。川……川は川で、何かおいしいものがあるんだろうか？

「川の幸って何？」

「……さあ？　普通に川魚じゃないのか」

川魚。鮎《あゆ》とかだろうか。

綺麗な川は魅力的だけれど、今回は諦めるか？　いや、高知に行くことはもうないかもしれない。どうしよう。

「でもどうして高知なんだ？　大阪からだと選択肢は多いだろう？」

「高崎さんが、高知好きなんだって。龍馬とか熱く語られた」

熱く語ってもらったのは主に高知の名物についてだが、それ以上の熱量だったのが高知の幕末志士についてだ。なんだかちょっとあの時代について詳しくなった気がする。

「じゃあ、友喜と話が合うかもな。あいつそのあたりが好きだったはずだ」

「へえ」

じゃあ、友喜も高知に行ったことあるかな？　関西からだとそう遠くないし。後で聞いてみよう。高崎さんは熱量がすごくて情報が多すぎる。かえって行くところを選べなくなりそうだ。いっそ全部任せてみるのもよさそうだけど……。

そう思って友喜にメッセージを送ると、かなり熱い文章が返ってきた。

残念ながら観光じゃなくて、坂本龍馬についての熱い情報だ。

欲しいのはそれじゃない

疲れた。

それというのも、高知に行くことが決まってから高崎さんが持ってきたＤＶＤのせいだ。

数年前にあった大河ドラマ全編。

面白かった。面白かったけれど、全四十八話を二週間で見るのはきつかった。

観光とか、おいしいものについてももっと調べたかったのに、オレに増えた知識は坂本龍馬についてだけだ。もちろん、進路に関しては何も進んでいない。これも柏木の計略かもしれない。

大阪に向かう新幹線の中でいつの間にか柏木にもたれるようにして眠ってしまったのも、連日のテレビ疲れのせいだ。ちなみにこの新幹線、車両が貸切だった。オレと高崎さん、柏木と柏木の秘書の玉城《たまき》さん。他に数人の秘書だか護衛だかわからない人たちが乗っている。オレと柏木の席の前後には人がいないので、オレのアホな寝顔を見る人もいないだろう。

「……ね」

「きょう……それ……」

女性の声と柏木の声。

すぐ近くで交わされる会話に、オレは目を覚ました。

「ん……柏木？」

もしかしてアホな寝顔を見られただろうか？

「寝てていい、比呂」

すぐに柏木がオレの目を塞《ふさ》いだ。けれど、その前にオレたちの席のすぐ横に女性が立っているのが見えた。

「あ、目が覚めたみたいね。こんにちは。秋津比呂さん」

女性の声。まだ若い女性だ。

「響子《きょうこ》」

響子、と名前を呼んだのは柏木。その声に驚いて頭がはっきり覚醒する。柏木が女性の名前を呼んだ。

柏木の腕を摑んで目元から離すと、目の前には二十代半ばの女性が佇《たたず》んでいた。緩やかにウエーブのかかった髪。くるりと丸い瞳。それでも子供っぽさがないのは、きつめのメイクのせいだろうか。はっきりとしたアイラインに、赤い口紅は彼女の年齢を少し上に見せているように思える。丸の内のあたりを颯爽《さっそう》と歩いていそうな人だ。

身長は低め。けれどすらっとした立ち姿のせいで高く見える。

「私、浩二さんの……」

柏木の？

そこまで聞いて嫌な記憶がよみがえった。

ケイさん。

銀座のクラブのママで、ものすごい美人だ。柏木の浮気相手かと疑って、さんざん周囲に迷惑かけて調べに行って……、結局柏木のお兄さんだったという救いようのない真実を暴いたのはつい最近の話。

まさかと衝撃が走る。

ケイさんが、お兄さんだったらこの女性はもしかして！

「……柏木の、弟？」

オレの言葉に柏木が噴き出す。遠くでもゴホゴホ聞こえるのは同じ車両の誰かが笑いを堪《こら》えているのだろう。

「なんでそうなるのよ！　婚約者よ。婚約者！」

よかった。弟じゃなかった。柏木家ならなんでもありかなと思ったけれど、さすがに弟なんてことはなかった。でも、待って。

「こ……？」

今、あきらかにおかしい発言があった。

オレの認識が間違ってなければ、婚約者というのは結婚を約束した相手のはずだ。オレではなりようがないものだが、オレがいて婚約者もいるというのは……。

「そうじゃない、比呂。気にしなくていい」

こ、しか言ってないにもかかわらず、柏木から訂正が入る。

うん。違うのはわかってる。たとえ百歩譲ってそうだとしても理由があるだろう。そう思えるほどには信じているけれど……、婚約者だなんて言わせてしまうのが問題じゃないか。

「会長も認めてくれてるわ。今回は浩二さんの婚約者として出席するようにと、同じ新幹線も手配してくださったのよ？」

そう言って女性は通路を挟んだ向こう側の席に座る。

「会長……？」

会長って……会長って、誰？

「会長、わからない？　浩二さんのお父様。常盤会会長、柏木豪《ごう》よ」

常盤会。そうか、柏木がいずれ継ぐっていうヤクザの組織。

柏木のお父さんってそんな名前だったんだ。

「そんなことも知らないなんて……。浩二さん、この子大丈夫？」

「比呂は知る必要のないことだ」

ああ、うん。必要がないというよりはできれば関《かか》わりたくない世界だ。だって柏木家はおかしい。お兄さんのケイさんからしてああなんだ。お父さんだって普通の人のはずがない。

「ネットで調べれば会長のことなんていくらでも出てくるのに、それさえ見ないの？　浩二さんに興味がなさすぎじゃない？」

「……」

ちょっと調べれば……。ああ、そうだ。常盤会は日本で有数のヤクザ。インターネットにいくらでも情報はあるだろう。

「比呂はこれでいいんだ。響子、向こうに行け」

女性の言動よりも、柏木が彼女を響子と呼び捨てにすることの方が気になる。

「いやよ。だって、私の席ここですもの」

ぴらりと一枚の切符を見せるけど、そもそもこの車両は貸切なので切符が存在しているのかどうかわからない。

「それに私、愛人とも上手くやれるわ。仲良くしましょうね、秋津さん」

愛人？

今、オレ愛人認定されたのか。

「あの……」

「あ、ごめんなさい。仲良くって言っておいて、秋津さんなんて他人行儀だよね。比呂さん？　比呂ちゃんがいいかな。私は響子さんでいいわよ。呼び捨てだとやっぱり本妻としての立場があるから、さんづけはがまんしてね」

悪びれる様子もなく、ひらひらと手を振る。なんというか、距離が近い。物理的なものではなくて、ふっと懐に深く飛び込んで印象を残すような人だ。

「響子、馬鹿なことを言うな。親父《おやじ》がなんと言おうと俺はもう唯一を決めた」

「だから、それはそれでいいんだってば。私だって浩二さんと甘い結婚生活が送りたいわけじゃないの。これは契約よ。ビジネス。私を妻の座に置いておくと、比呂ちゃんだって安全でしょう？」

ぎゅ、と柏木の眉間に皺が寄る。不機嫌なオーラが撒《ま》き散らされていると思うけれど、それにまったくめげない彼女はある意味、強者《つわもの》だ。

「浩二さんは今までどおり、比呂ちゃんと一緒に暮らしていい。そちらに首を突っ込むことはないわ」

「お前の許可など必要ない」

「でも、いい話じゃない？　考えてみてよ。私は将来の常盤の姐《あね》の座を手に入れる。浩二さんは言い寄ってくる邪魔な女を避けられて、組の内向きのことを任せられる。比呂ちゃんは変に狙われることもなく、平和な生活を手に入れる。みんなが幸せになれる提案だと思うんだけど」

常盤の姐……。

そうか。この響子さんって人は、その立場が欲しくて柏木の妻になりたいって言ってるのか。なるほど、と納得する。柏木の婚約者だと自分で言うくせに、オレに対する悪意がないのはそのせいなのか。もっと言えば、柏木に対する熱のようなものも感じられない。

多分、柏木に対する気持ちをはっきりさせたせいだろう。ケイさんのときみたいな焦りはない。愛してる、という言葉はただ甘いだけじゃないんだなと思う。それに込めた決意が自分の中に根を張ろうとしている。

「別に浩二さんだって籍なんてどうでもいいでしょ？　比呂ちゃんはそこを埋められないんだから、名前だけ私にくれてもいいじゃない。ね、比呂ちゃん？」

急に同意を求められても困る。確かにオレは柏木と結婚できるわけじゃない。でも、譲れないものだってある。

「すみません。嫌です」

「……？」

オレの答えが意外だったのは、響子さんだけじゃなかったみたいだ。柏木も驚いたような顔でオレを見ていた。

「柏木の隣は譲らないって、決めたんで」

将来のことまではまだはっきりしない。けれど、今現在、柏木の恋人はオレで……。オレは柏木を誰かと共有したり、形だけでも譲ったりはしたくない。

「比呂……」

柏木の顔がふっと柔らかくなる。それに、ちょっとだけ顔が赤くなった。

「あらま。可愛いことを言うのね。浩二さん、メロメロじゃない」

確かに、柏木はオレにメロメロかもしれない。ちょっと変態じみているが、執着心も強いしオレに対して激甘だ。

「まあいいわ。急ぐ話じゃないもの。よく考えてね、比呂ちゃん？」

「考えなくていい、比呂」

柏木がぐいっと自分の胸にオレの頭を寄せる。

「答えは決まっている。響子、お前も馬鹿な話を持ってくるな」

はっきりとした柏木の拒絶にも、響子さんはにこりと笑う。

大阪の会合というのも、平和に終わるわけじゃなさそうだ。


「どうした？」

柏木が聞いてきたのは、新大阪駅《しんおおさか》を出たときのこと。三月の初旬、まだ外は肌寒くて羽織っていただけの薄手のコートのボタンを留めようとする手が止まった。

うん。若干、引いてるだけだから大丈夫。

新大阪駅を出たロータリーに黒塗りのベンツが五台ほど並んでる光景に顔が引きつっただけだ。

そうだよな。東京から一緒に来た玉城さんや護衛の人……それにこっちで出迎える人を考えたら一台や二台で済むわけない。そりゃあ、そうなる。

東京から大阪までの二時間半。眠っていた時間もあるけれど、響子さんが隣に来てからは騒がしい時間だった。差し入れにってくれた駅弁はおいしかったけど、その間も本妻と愛人で仲良くしましょうねと押しが強かった。柏木が不機嫌そうにしていてもおかまいなしだ。

柏木もさすがに女性に摑みかかったりはしなかったものの、車内の空気はかなりピリピリして無駄に疲れた。駅弁がなかったら耐えられなかっただろう。

時間は午後二時。このままホテルに向かって、その後柏木は会合に続けて飲み会があるらしい。明日はゴルフと言っていた。今日と明日は大阪に泊まって、高知へ向かうのは明後日《あさって》の予定だ。

並んだベンツの前に亮が立っているのを見つけてほっとする。そういえば、亮の家が仕切っているって言ってたっけ。柏木を迎えに来てくれたんだろう。

「お久しぶりです、柏木さん」

いつもと違い、パリッとしたスーツに身を包んだ亮が頭を下げる。その横にいる人も見覚えがあるな。

ああ、そうだ。井上《いのうえ》さんだ。以前、朝霞組で逃走用の車とか服とかを準備してもらったときにそばにいた怖そうな人だ。前と髪型が変わってて気がつかなかった。ちょっと今風？　若者向けの髪型になっていて、怖さが少し抑えられている。

それになんとなく親近感を覚えて見ていると目が合った。ぺこりと会釈されて、オレも慌てて返す。小さなやり取りだったのに、柏木が気づいてオレと井上さんの間に体を入れてきた。大変大人げない。

「ああ。今日と明日、よろしく頼む」

柏木が偉そうに答えるのに対して亮が再び頭を下げる。

その隙《すき》に柏木の後ろから離れて井上さんに近づいた。柏木が腕を掴もうとするのを華麗にかわす。これでも高校時代はバスケ部だったんだ。フットワークはわりといい。

「髪型、変えたんですね。似合ってます」

「ありがとうございます。亮さんの知り合いだという美容師さんにしていただいて」

亮の知り合いの美容師、という言葉になるほどと頷《うなず》いた。その美容師はオレもお世話になっている楢さんだ。外見はいろいろとアレな人だけど、センスと腕はむちゃくちゃいい。

美容師に向いているかも、と言われて心が揺れたのも楢さんに言われたということもあると思う。それくらい、人の特徴を捉《とら》えて髪型を作っていくのが上手い人だ。

もう少し話をしようと思っていたのに、ぐっと襟首を掴まれて後ろに引かれた。引いたのは当然柏木だ。

「すみません」

そして謝ったのはなぜか亮。いや、いろいろおかしい。

柏木に背中を押されるようにして亮と井上さんのいる場所から離される。ムカつくから必要以上に離れてやった。

柏木が軽く片方の眉を上げたので、文句を言われる前にと高崎さんのそばに逃げる。護衛の近くにいるなら文句も言われないだろう。

「比呂さん……」

高崎さんが困る必要はない。心の狭い柏木が悪いんだ。そう思って高崎さんを盾にして柏木の視線から外れる。できればこのベンツの集団からも離れたいがさすがにそこはがまんした。大阪に来てまで逃亡する気はないが、それを疑われると明日の外出に響いてしまうかもしれない。柏木浩二は本当に面倒な男だ。

「比呂ちゃん」

柏木とできるだけ視線を合わせないようにしていると、後ろから声をかけられた。振り返らなくてもわかる。さっきまで新幹線の車内でさんざん聞いていた響子さんの声だ。

「お近づきのプレゼントあげる」

「……」

避ける間もなく、オレのコートのポケットがずしりと重さを感じた。

嫌な予感がする。ポケットに入っているのは、お近づきのプレゼントだろう。けれど、これだけワクワクしないプレゼントも珍しい。

高崎さんがようやくオレと響子さんの間に立ってくれるけど、遅い。まあ、柏木からむっちゃ睨《にら》まれてたからすぐに動けなかったのは仕方ないけど。

「貴方のためになるものよ。あっても困らないと思うわ」

にっこり笑った響子さんは、身をひるがえしてオレたちが乗る予定の車とは別の車に乗り込んだ。

重たい左側のポケット……。

恐る恐る手を入れてみると、布に包まれた固いものが入っている。

何かの機械？　固さと重さで金属なのはわかるけれど。

探るように触ってみる。L字に曲がった金属製の……待って。これ、ヤバいものじゃあ……。

L字の曲がった部分に指を引っかけるところ。先端には穴が開いていて……。

本物は、知らない。けれど本物を知らなくても、ドラマで何度も見たことはあって誰でもその形状は知っている。

バッと慌ててポケットから手を出したけど、ポケットにはしっかりその重さが残っている。今、確認した形状のそれは手を離したからといってなくなりはしない。

「比呂さん?」

「あー、うー……」

これをどう言ったらいいんだろう?

「どうした？」

響子さんが近づいたのを見ていた柏木がこっちに来たけど、どうしたって言われて答えられるわけない。その間に響子さんが乗った車は発車してしまう。黒い窓でよく見えなかったけれど、こっちを見て笑ってるような気がした。

「比呂？」

答えるかわりにそうっとコートを脱いで柏木に渡した。

「寒いだろう？」

「寒くない。むしろ、これがあると寒い」

あんなものをコートのポケットに入れたままだと背筋が凍りそうだ。

「とりあえず、乗れ。話は中で聞く」

亮がベンツの扉を開けてくれて、先に乗る。柏木がコートを受け取ってくれてよかった。できればその辺に捨ててきてほしい。

ちらりと亮を見ると、少しだけ口角を上げてくれた。軽く手を振って奥へとずれる。

後部座席にオレと柏木が乗ると、助手席には玉城さんが座った。

玉城さんは柏木の秘書のような役割をしている人だ。秘書という枠をかなり飛び越えて、柏木の仕事やプライベートのことをすべて管理している。年齢は四十歳くらい。格闘家みたいな大きな体は百九十センチを超えているだろう。けれど、小さな丸い目でいつもニコニコしているので優しいクマの印象だ。何かしたいと思ったときには柏木より玉城さんに話を通した方が早いときがある。柏木に比べて随分常識のある人だ。

運転手は……名前は知らないけど見覚えある人だな。新幹線では見なかったから先に大阪に来ていたのかもしれない。高崎さんは後ろの車に乗り込んでいるようだ。亮は全員が乗り込んだのを確認して一番前の車両に乗った。

静かに車が動き始めて……うん。道行く人が、ちらちらとこちらを気にしている。怖いよね。黒塗りのベンツの集団。怖いけど気になるその気持ち、よくわかる。

「それで？」

柏木が目を細めるので、オレはそっと柏木が持つコートを指さした。

「……響子さんがプレゼントだって、ポケットに何か入れた」

オレは触りたくないし、確かめたくもない。柏木がかわりにポケットを探って布に包まれた問題のそれを取り出した。

無言で布をめくっていく。現れたのは黒光りする……刑事ドラマでよく見るやつ。

「安心しろ。よくできたレプリカだ」

どうして一瞬でその判断ができるのかは聞かない。絶対に聞かない。

くるくると手の上で向きを変えたり、ガチャガチャいじったりしてるけど、その手慣れた様子も気にしない。気にしたらダメだ。

「おもちゃには違いないが、このタイミングでここにあると面倒だな」

うん。そうだろう。この怪しいベンツ集団を警察が見つけてこれが出てきたら見逃してはくれないはずだ。

「比呂、持っておけ」

「は？」

ぽいっと投げるように渡されて慌てて受け取る。受け取ってしまった。だって、いくらレプリカと言われても落として何かあると怖い。

「お守りみたいなもんだ。触らなければレプリカだともわからないだろう。何かのとき、牽制《けんせい》にはなる」

いや、待って。そんなお守り持ちたくもない。

ふるふる首を横に振って返そうとするけれど、柏木が受け取らない。オレが困った顔なのを楽しんでやがる。

「俺や玉城が持ってると面倒だろう。預かっておいてくれ。向こうに戻ったら処分する」

確かにこれを柏木や玉城さんが持ってたら捕まりそうだけれども！

「無理だよ。触ったこともないし、脅しにも使えない」

「後で高崎に教えてもらえ。構え方くらい形にしておいて損はない」

なんで高崎さんが銃《じゅう》の扱い方を教えられるのかなんてことも聞きたくない。だいたい、構え方を知ったところで得があるとも思えない。変な汗が流れてきて、頭がクラクラする。

「戻ったら少し訓練もするか？」

東京の、どこにこれの訓練できるところがあるんでしょうか？

聞きたくなくて唇をぎゅっと結ぶ。

「……若、それくらいで」

助手席の玉城さんが声をかけてきてくれてほっとした。こんなダークな会話を続けたくない。

「比呂さん、それはこちらで預かります」

伸ばしてくれた手に慌てて銃を乗せる。

「本当によくできていますね」

そうか。玉城さんも一瞬でそれがわかる人なんだ。もうやだ。泣きそう。

オレはレプリカだというそれを手にしただけで怖いと思った。知らないうちに強張《こわば》った手を元に戻そうと指を動かす。

「……」

その様子を見ていた柏木がオレの手を取った。ぐっと引かれて、体を持ち上げられて……柏木の膝に乗る。車内が広いベンツだからできることだ。このためにベンツ乗ってるわけじゃないだろうけど。

「お前を守る方法はいくらあってもいい。お前が助かる可能性がほんの少しでも上がるなら……武器の使い方を学ぶのも悪くはないかもしれない」

武器、という言葉にオレはまた首を横に振る。柏木がいう武器は絶対法に触れるやつだ。

「まあ、ひとまずは護身術か。少し、体も鍛えるか？」

「……そ、それくらいなら」

体を鍛えることは悪いことじゃない。うん。護身術がどの程度かはわからないけど、この前みたいに拉致されたときに何か身を守る術《すべ》があると落ち着けるだろう。

「高崎に教えてもらえ」

「高崎さん？」

「ああ。プロだからな」

そうだった。高崎さんはオレの護衛だった。むちゃくちゃプロだ。あの油断しがちな外見にうっかり忘れてしまいそうだけれど、戦うところだって見たことがある。すごい綺麗な蹴《け》りを入れてた。

「慣れてきたら、銃……」

もない。

「わーわー！」

大きな声を出して柏木の言葉を遮る。自分が違法な武器の使い方を習うなんて考えたくもない。

そう思ったけれど……。

柏木はオレに近づこうとしてくれている。

柏木の常識とオレの常識には大きな隔たりがある。けれど柏木はオレの言葉に耳を傾けようとしてくれていて、大学に……オレが美味いと言った竜田丼を食べに来てくれたこともある。

オレは……オレの方から、柏木に近づくことは間違っているだろうか。

「……」

じっと柏木を見つめてみる。

オレは隣にいると決めた。それなのに柏木のいる世界をこんなふうに否定してしまっていいんだろうか。

「比呂。大丈夫だ。少し、からかっただけだ」

柏木は、ふんわり笑ってオレの頭をぐしゃぐしゃと掻《か》き回す。

「お前の反応が面白くて、言いすぎた。お前は危険に近づく必要はない」

抱き寄せられてほっとする。本気で言ってるわけじゃなかったんだ。オレは真剣に考えてしまったのに。

「お前はこちらに踏み出さなくていい。お前が銃を握るようなことがあれば、その時点で俺は負けだ。武器を構えれば狙われる。殴られるくらいで済むところを撃たれるかもしれん。お前は、知らないままでいいんだ」

知らないままで。

その言葉がふと心に引っかかる。

この先。

あんまり考えたことはなかったけれど、柏木との未来において選択肢はたくさんあって……それを全部柏木にゆだねることはできなくて。

だったらオレは何を選択していくんだろう？

知らないままでいいと言われたことを素直に受け取っていいんだろうか？

柏木の胸に手を置いて、顔を上げた。

「玉城さん」

「はい？」

「それ、返して」

助手席に声をかけると、一瞬沈黙が落ちる。

「比呂」

「おもちゃなんだろ。オレが持ってても、危なくない」

「比呂、いいんだ。持たなくていい」

さっきは持ってろって言ったのに、いざオレが本当に持とうとすると止めるんだ。

柏木はオレが怯《おび》えることがわかってて……本当にからかっただけなんだ。そう思うと面白くない。

「玉城さん」

腰を浮かせて助手席に身を乗り出すようにすると、玉城さんがオレの手にそれを戻してくれた。

「玉城！」

「若。おもちゃです。何もできません」

玉城さんがオレの味方。ということは、やっぱりオレがこういうものを扱えるということは柏木にとってプラスになることが多いのかもしれない。これはレプリカで、ただのおもちゃ。それでもオレにとっては重たい。

柏木の膝には戻らずに、自分の座っていた場所に帰って改めてそれを眺める。

手のひらに収まるくら小さい。銃と言って真っ先に頭に思い浮かぶ、リボルバーのタイプではなくて、どこに弾《たま》を入れるのかさえわからない。

「……響子も、面倒なことを」

ぽつりと柏木が呟《つぶや》いた。

だったら、オレが怖がっているうちに取り上げればよかったんだ。下手にからかったのは柏木だ。自業自得。

「響子さんって、どういう人？」

柏木が名前で呼ぶ人。

親しい間柄には間違いがない。

「響子は常盤の幹部の娘だ。親父の気に入りではあるが、俺の結婚相手となることはない」

「お父さんの……？」

「ああ。小さいころから組に出入りしていたからな。自分の子供がむさくるしい男ばかりだから、可愛く思えたんだろう」

ああそうか。

柏木のお父さんといえば、柏木やケイさんが息子となるわけで……。うん、想像するだけで大変そうだ。そこに小さい女の子が出入りしてたら、そりゃあ癒しを求めるだろう。

「あれは幼馴染のような、妹のような相手だ。恋愛感情を持つ相手じゃない」

幼馴染、という柏木が少しだけ懐かしそうに眼を細めた。

その表情に少しだけ胸がちくりとする。

柏木の、昔。

オレとは九歳も違う。オレが知る柏木はつい最近のものだけだ。無駄に権力と金を持っている完成された大人の顔。

けれど、その柏木にも学生時代があった。

多分、オレの知らない彼女とかいたはずで……。

どうしようもないのに、その知らない誰かと笑い合う柏木を想像して少し気分が沈む。

「……比呂」

柏木がオレの名前を呼んだのは、無意識に柏木のほっぺを伸ばしていたからだ。あんまり伸びないけれど。

「婚約だなんだという話は俺も聞いていない。玉城も把握していない以上、まだ根回しもしていないだろう。心配することはない」

根回し……。

柏木の婚約には根回しが必要なのか。そうなのか。

改めて、自分の世界とは違うものだなと感じる。ただ、好きになったというだけで結婚なんてできない世界。

だとしたら、オレは？

オレは男だし、結婚とか子供とか本来あるべき未来が不可能だ。それだけでも圧倒的不利なのに、まだ進路すら決まらないただのガキだ。

手の中にあるレプリカの銃をじっと見つめる。

オレは柏木の世界のことなんて知らない。

柏木たちがおもちゃだと笑う銃さえ怖いと感じる。踏み出す先さえわからないままだ。


「今日はおとなしくホテルにいろよ?」

「ここ、日本だけど」

そんなに危険はないと伝えようとしたけれど、じっと見つめられて口を閉じる。一度拉致された経験のある身としては無茶は言えない。

「比呂」

手を取られた、と思ったら柏木のつけていた腕時計を嵌《は》められた。うん……これ、見覚えがある。出会ったばかりのころにも渡された、GPS機能がついたロレックスだ。

これ以外にも位置のわかる機能のついたものは知らない間に持たされていると思うんだけど、あえてわかりやすいものを渡すことでオレに動くなと念を押しておきたいんだろう。鎖が出なかっただけマシだろうか。

「心配性だなあ」

「お前は目を離すと何をするかわからないからな」

「……」

別に、そんなことはない。

せっかくだから、この間食べ損ねたたこ焼きは食べたいと思っているけれど、それは明日、友喜が世界一おいしいたこ焼き屋に連れていってくれる予定なのでがまんできるし。

「部屋にシェフが来て、食事を用意してくれる」

うん、やっぱり柏木はオレには食べ物を与えておけばいいと思っている。

ちょっと面白くないな。

けれどホテルの部屋に着いたとたん、その気持ちは吹き飛んだ。

なんだ、ここ！

「広っ！」

まず、扉が二重になっていた。

扉があって、警備の人が立っていて、もう一個扉。

それでそこを開けると……広いリビングに、大阪の街を一望できるパノラマビュー。天井も高い。

きょろきょろと見回しても、ベッドが見つからないので寝室は別だと気づく。

ソファセットにダイニングテーブル、それからバーカウンターに……オープンキッチン？

いや、オープンキッチンというよりは鉄板焼きのお店のカウンターに近い。手前はテーブルになっていて座れるようになっているし……。

そう思って、さっきの柏木の言葉を思い出した。

『部屋にシェフが来て、食事を用意してくれる』

それは、こういうことか。

最上階のこの部屋は一体一泊いくらなんだろうと思ったら、背中に冷たい汗が流れる。

柏木がリビングで玉城さんと打ち合わせを始めたので、オレは部屋の探索に回った。

寝室が三つもあることが判明した。

風呂も三つ。

主寝室にある風呂はジャグジーもついているようだ。大きな窓が全面にあって、夜景を見ながら入れるようになっている。

バルコニーもついていて、そこに大きなソファセットが置いてある。いつも思うんだけれど、こういうソファセットって悪天候のときはどうするんだろう……。今日は天気がよさそうだからいいけど。

「比呂さん、そろそろ社長がお出かけになります」

はしゃぐオレを微笑ましい目で見守ってくれていた高崎さんの声に、リビングへと戻る。

柏木はいつの間にか着替えていた。

脱がせるのも早いが、自分で脱ぐのも早いんだなと思う。

いつものスーツより、黒が濃い。ああ、あれだ。イタリアンマフィアみたいな感じだ。

「いつもより悪役感、増してるなあ」

オレの感想に玉城さんが微妙な顔をしていた。ここに安瀬《あぜ》さんがいたらきっと笑っていただろうけれど、安瀬さんは今回ついてきていない。東京に残ってひとり仕事だ。可哀想《かわいそう》にと思っていたら、会合の後、高知では合流することになっているようだ。ひと足先に向こうでいろいろと手配をしてくれているらしいけれど、会合なんて面倒そうなものを避けたのかもしれない。逆に会合が終われば東京に戻ってしまう玉城さんの方が大変そうだ。

「いい子にしてろよ？」

念を押すように言われる。

「小さい子供じゃないんだし……」

「ひとまず、だ。こっちの連中とはそう悪い関係じゃない。お前に手を出してくる人間はいないだろうが、この会合が終わるくらいの間はおとなしくしておけ」

まあ、もう四時だし。今から観光と言っても、この部屋よりいい夜景の場所があるとは思えない。ここで晩ご飯を食べることを考えると、そう時間もないだろう。

「高崎。今日は比呂を外に出すなよ？」

「はい」

わざわざ高崎さんにまで念押ししてる。

「帰りは遅くなるから、先に寝ておけ。俺は明日も早く出かけることになる」

明日、柏木は……ゴルフか。確かに早く出そうだな。

柏木が軽く頬に口づけてきて、慌てて体を離した。高崎さん……はもうけっこうこういう場面を見られているから仕方ないにしても、今日はここにいる人数がいつもより多い。ほら、むっちゃ驚いた顔してこっちを見てる人が……人が、いないな。みんな何事もなかったような顔をして立っている。プロだ。

いつもよりピリピリとした空気もある。そういう関係じゃないと言っても、別の組織との会合に気を張っているのかもしれない。

「……わかったよ」

オレが小さく呟くと、柏木がぐりぐりと頭を撫《な》でてきた。本当に子供扱いだ。

「じゃあな」

くるりと向きを変える柏木のすぐ後ろに数人の男たちが続く。

ほんと、今日の柏木は悪役感マシマシだ。ラスボス感、半端ない。

「いってらっしゃーい」

軽く手を振って見送ると、オレは完全に暇になる。ここから先、なんの予定もない。明日、友喜とたこ焼きを食べに行くというのが唯一の予定らしい予定だが、それは約二十時間ほど後のことだ。

「ここって、ジムとかプール……」

あるんだっけ、と言いかけて振り返ると高崎さんがめっちゃいい笑みを浮かべていた。手に持っているのはメニュー表？

「このホテル、今月のアフタヌーンティーは苺《いちご》フェアらしいです。部屋に持ってきてもらえるそうですが、どうしますか？」

あ、ずるい……。

スイーツ男子が当たり前となった今でもアフタヌーンティーだけは男同士では無理だと思う。あれはオーダーの難度が最高峰だ。

「早く頼まないと、アフタヌーンティーの時間が終わりますよ？」

ホテルからというより、部屋から出さない作戦だと気づいていても頷いてしまったオレの負けだ。

人目を気にすることなく存分に楽しめたアフタヌーンティーは控えめに言って最高だった。

あの三段の皿は、それだけでテンションが上がる。スコーンなんて普通に生活してたらあんまりお目にかかることもないもんなあ。たっぷりのクロテッドクリームに、ジャム。このジャムがまた三種類もあって困った。苺にブルーベリーに杏《あんず》。どれをつけても美味いに決まっているのにスコーンの数は限られてる。かといってスコーンを増やせば、サンドイッチやケーキが入らなくなるので三種類のジャムを楽しむのは至難の業だ。

苺フェアと銘打ってるだけあって、ケーキは苺をこれでもかと乗せたショートケーキとピンク色のスポンジのロールケーキ、苺のチーズタルト。どれも小ぶりなのが可愛い。ティーポットで提供された紅茶にもほんのり苺の香りがついていた。ミルクティーにしてもおいしいというので、ポットはすぐになくなった。

夕食は、あのオープンキッチンでシェフと会話をしながらのディナー。シェフと差し向かいで食べるのはさすがに勇気がいるので、無理を言って高崎さんにも同席してもらった。

最高に贅沢な時間だろう。

高級ホテルの最高クラスの部屋でおいしいもの。

ただひとつ、残念なことがあるとすれば柏木がいない。

そのことがぽつんと胸に寂しさをもたらす。

思えば、一緒に暮らし始めてから柏木がいないと感じる夜はなかった気がする。遅くなる日もあったが、そういうときはこまめに連絡が入ってきていた。柏木らしく、『飯は?』

だとか『寝たか?』なんて短い一言のメールだけだったけど、それでも嬉しかったんだ。

でも今日はそれもなかった。

大事な会合だというし、気軽に連絡を入れられるような時間はなかったのだろう。

「つまんないな」

柏木がいない、ということがこんなにつまらないものだとは思わなかった。

同じ大阪にいる。距離的にはそう遠くない。それなのに距離を感じてしまうのは柏木が今いる場所のせいかもしれない。いつもの仕事ではなく、柏木は常盤会の跡取りとしてそういう場所にいるから。

「……」

夕食が終わった後、テラスにあるソファに座ってオレはそっとそれをテーブルの上に置いた。

「ちょ……っ、比呂さん!?」

高崎さんが慌てて近づいてきて、黒光りする銃を眺める。

「なんだ、レプリカか。脅かさないでください」

高崎さんは触らなくてもレプリカだってわかるんだ。ぼんやりした顔をしていてもやっぱりプロだ。

「高崎さん、こういうの扱い慣れてる?」

「日本ではあまり使用しませんが、海外では必需品ですからね」

あまり？

あまりって、言った？　まったくとか、全然とかじゃなくて？

ものすごく気になる。気になるけど、聞いちゃいけないやつだ。

「これ、響子さんに渡された」

「響子さんですか。あのとき……。なるほど」

「なるほど？」

今度は疑問を口に出す。

「響子さんはいたずらがお好きで。おそらく、これもそういう類《たぐい》ではないかと」

ふーん、と適当に相槌《あいづち》を打つ。高崎さんはそういうことにしたいんだろう。オレが興味を持たないように。

「……響子さん、柏木の婚約者だって」

「いっ、いえっ。そういう事実はありませんっ」

高崎さんが必死だ。前に柏木の浮気を疑って脱走したことを思い出しているのかもしれない。

「幼馴染なんだって？」

「はい。響子さんは常盤の幹部の娘さんで幼いころから本宅に出入りされていました」

柏木の言ったことを疑っているわけじゃなければど、高崎さんもそう言うならこれは間違いないんだろう。

幼馴染から恋愛に発展するなんてよくある話だけれど、新幹線で見ていた限りそういう雰囲気はなかった。柏木からはもちろん、響子さんからも。

だったら、どうしてオレにこの銃を渡したんだろう、と思う。

高崎さんがさっき言ったようにただのいたずらだったらいいけれど、多分そうじゃない。

「明日」

「え？」

オレは一枚の紙片を取り出した。さっきコートのポケットに入れっぱなしだった銃を取り出したときに落ちてきた手書きのメモだ。車の中では気がつかなかった。けれど、銃と一緒に入れられていたみたいだ。

「響子さんから。明日にでも話をしようって書いてある」

「比呂さん……そういうことは社長にきちんと報告していただかないと」

うん、そうだよね。柏木に言えば高崎さんに伝わって、高崎さんは響子さんをオレに近づけないだろう。

「でも、オレも話をしてみたいと思ったから」

「比呂さん……」

高崎さんが頭を抱える。別に脱出して会いに行こうっていうんじゃないんだし、今、言っているんだから大目に見てほしい。

「なんで響子さんはオレにこれを渡したんだろう」

「おそらく、ですが……」

「うん？」

「比呂さんに、社長の世界の厳しさを見せたかったのではないかと」

柏木の世界の厳しさ。

今度は、いたずらだなんて誤魔化さずにはっきり言ってくれた言葉に、ああそうかと頷いた。

それなら響子さんの思惑は成功している。レプリカだと聞かされてからも、怖いと感じた。本物かと思っていた時間はわずかだったけど、息さえ苦しかった。

少し視線を揺らしたオレを見て高崎さんが銃に手を伸ばす。そのままジャケットの内ポケットに入れそうになったので慌てて止めた。

「比呂さんには必要のないものです」

「でも……」

「比呂さん。これは何かを象徴するような大層なものではありません。ただの道具です。本物ですらない」

いつになく真剣な高崎さんに、言葉が詰まる。

高崎さんが言ったように、それが柏木の世界を象徴しているもののような気がしていた。力と、恐怖。それに普段目にしないものということも手伝って、これを玉城さんから返してもらったとき、少し柏木の世界を覗いたような気がしたのは確かなんだ。

でもオレは柏木の世界を覗いてもないし、近づいてもいない。そう思うと急に恥ずかしくなる。オレはレプリカだというそれを手にしただけで柏木に近づいた気になってしまった。

「これ、響子さんに返したい」

柏木に近づくのに、道具なんていらない。

オレはもうそばにいることを決めているんだから。

自覚すると、あんなに怖かった銃がとたんに意味をなくした。黒い塊が急にただのおもちゃに見えてくるから不思議だ。

「ではそう手配します」

再びジャケットにしまおうとした高崎さんの手を止める。

「……比呂さん」

困ったように眉を下げる高崎さんは、オレの言いたいことに気づいているだろう。

「響子さんと直接お会いになる必要はないかと」

「ケイさんのときみたいに逃亡したりしないし」

にっこり笑うと、高崎さんの眉がさらに下がった。これ以上、下がることはさすがにないはず。

「私は、警備以外に細かく立ち回ることは苦手でして……」

「響子さんが会いに来たときに、オレに取り次いでくれるだけでいいから」

明日は柏木がゴルフでいない。会うなら明日。

響子さんが会いに来てくれるかどうかは不明だけど、不明なら会いに来やすい状態を作ればいい。

「比呂さん……、それは……」

「会いに行かないし、連れてきてとも言わない。もし、会いに来たらちょっとだけ目をつぶってほしい」

「私も命が惜しいので」

高崎さんが小さく首を振る。高崎さんも響子さんが会いに来る可能性が高いと思っているんだ。

「ふーん……」

響子さんと連絡を取るのは難しいかな？　柏木は……教えてくれないだろうし、柏木が教えないと判断したなら玉城さんも高崎さんも無理だろう。

「比呂さん、お願いですからおとなしく……！」

「ダイジョウブ、ダイジョウブ」

まったくの棒読みで高崎さんの不安を煽《あお》っておく。理想としては勝手なことをされるよりはと、味方になってくれること。そうでなくても、平常心じゃない高崎さんに油断が生まれればいい。

響子さんと連絡を取るために味方になってくれそうな人は……と頭に思い浮かべてみる。

オレと響子さんの共通の知り合い。

柏木を敵に回しても平気な人。

「あ」

いた。

ひとり、いた。

ちょっと面倒な人ではあるけれど、柏木の知り合いで面倒じゃない人なんていないからそこは気にしないでおこう。

「柏木の幼馴染ってことはケイさんにとってもそうだよね？」

「……」

高崎さんがウロウロと視線を彷徨《さまよ》わせる。うん、だって小さいころから常盤に出入りしてたって言ってた。ケイさんは柏木と兄弟なんだし、ケイさんと響子さんも幼馴染の関係であることに間違いないだろう。

そう思って携帯を取り出すと、高崎さんが小さく悲鳴を上げた。

その気持ちはわからなくもない。オレもケイさんに連絡取るのは勇気がいる。でも高崎さんが響子さんをシャットアウトするなら、お互いを知る人に間に立ってもらうのがいいよね？

アプリを開いて履歴を探す。

正直、ケイさんから連絡があったときには迷惑メールより迷惑だと思ったけれど、会話を続けてみるとそれほど悪い人じゃない。あれから会いに行ったりはしていないんだけど、何度かやり取りは続いている。

「ひ……比呂さん、あのっ、響子さんが来られたら通しますのでっ！　どうかそれだけはっ！」

「ありがとう、高崎さん」

高崎さんの眉は下がったまま元に戻りそうにないけれど、まあ要求が通ったのでよしとしよう。

明日、響子さんが来るとしたら柏木がゴルフに行っている間かな。早い時間になるけど、来られるかな？　高崎さんの言質は取ったけど、念のためにとこっそりケイさんにメッセージを送っておく。許してくれたからってケイさんと連絡を取らないとは言ってない。

「高崎さんは、どう思う?」

ケイさんに送るメッセージを打ちながら、落ち着かない様子の高崎さんに声をかける。できればオレの手元を見ないでほしい。

「なんでしょう?」

「柏木と響子さんの結婚話」

「……正直に答えてかまいませんか?」

すっと高崎さんがその場にしゃがんだ。座ってるオレと目線を合わせるためだろう。真剣な顔つきに、こくりと頷く。

「比呂さんの安全だけを考えれば、決して悪いお話ではないと思います」

こうして客観的に聞かされるとやっぱりショックだなあ。

高崎さんのその言葉は、同時にオレでは柏木のパートナーとして不足だと言っているようなものだ。そのとおりではあるけれど。

「しかし、安全面だけです。それなら私がカバーします。問題ありません」

続いた言葉にちょっとだけ泣きそうになった。

柏木の隣は譲らないなんて格好つけても、正解なんてわからない。自分を通していいのか迷う。それはオレの弱さだ。高崎さんの言葉はその弱さまでカバーしてくれそうで……。

「大丈夫ですよ、比呂さん」

高崎さんかっこいい。さっきまでの困り顔とは別人だ。そう思ったのに。

「あの、ですので……できれば響子さんとお会いになるのは……」

声がだんだん小さくなってく。

「問題ある？」

「問題だらけです」

そこははっきり言い切るんだ。

思わず笑ったオレを高崎さんは困った顔で見つめていた。


眼下に広がる夜景を見ながらジャグジーにつかる。ちょっと前なら考えられないくらいセレブな時間だ。

響子さんに渡されたレプリカの銃。

おもちゃだというけれど、確かにそれは柏木たちの世界への入口のようにも見えた。

一度取り上げられたそれを返してもらったのはそのせいだ。

けれど、ただの道具だと高崎さんに言われたときに恥ずかしかった。

あの銃は、ただの道具なんだ。

柏木の世界に近づこうと思ったら自分で動くべきだし、あんなものを持っただけでその気になっていたなんて。

それがクリアになって、改めて響子さんのことを考えてみた。

婚約者だと聞かされたときは平気だったんだ。

柏木を見ていれば、それはないと言い切れる。オレも柏木にそんな存在がいて許す気はない。

幼馴染だと……妹のようだと言われたときの方がずしんときた。

オレの知らない柏木を知っていて、オレの知らない柏木の世界を知っている響子さんに嫉妬《しっと》したんだ。

それは、ケイさんに嫉妬したときとは違う。

あやふやな気持ちでいたときに、浮気かもと疑ってしまったあの幼稚な嫉妬じゃなくて。

「……けっこう、恋愛に対して淡泊な方だと思ってたんだけどなあ」

柏木が気にかける女性がいるということが嫌だった。

恋愛対象じゃなくても、大切じゃないわけじゃない。それは悪いことではないはずなのに、ただ嫌なんだ。

オレだけでいいじゃないか。

柏木がここにいれば、そう言って甘えるのに。

いつもみたいに抱き寄せて、唇を重ねれば……こんな馬鹿な想《おも》いはなくなるのに。

「柏木」
ぽつりと唇からその名前がこぼれる。
ほんの一瞬、ここに自分と柏木がいる場面を想像してしまった。
『比呂、愛してる』
柏木はきっと甘く囁《ささや》く。
首筋にキスをするだろう、と思ったら手が自然にそこに触れた。
自分の手なのに柏木が触ってくれたような気がしてぴくりと体が跳ねる。
『比呂』
耳の奥にずっとある柏木の声。
柏木は最中にオレの名前をよく呼ぶ。
その響きは、甘くて艶やかで……体の奥が溶かされるような気がする。
「うー……」
おかしな気分になりそうで、慌てて窓の外へ視線を送った。
長く湯舟につかった体が熱を帯びて……ほんの少し、頭がぼんやりする。
「……」
ぽこぽことジャグジーの泡が体を辿《たど》っていくのを妙に意識して、足の先に力が入る。
無意識に手が胸を辿って、下へ移動していく。

『比呂』

柏木の手が、よくそういうふうに動くから。

『愛してる』

太ももに添えられる手を想像して、唇を噛みしめる。もうそこが固くなり始めているのに、柏木はなかなか触ってくれない。もぞもぞと不器用に動いてしまう。

「柏木……」

オレが甘えた声を出すと、柏木がようやくそこに手を触れる。それを想像するだけで体が震える。

「あ……っ」

声を抑えようと開いていた手で口元を押さえた。けれど唇に触れた温かさが、柏木とのキスを思い出させて……ぐっと硬さを増す自分自身に、羞恥心《しゅうちしん》が飛んだ。

「柏木」

その名前を呼ぶだけで、よかった。

柏木が与える快楽を頭に思い浮かべるだけで、体の奥の熱を引き出すにはじゅうぶんだ。

『比呂、愛してる』

「オレ……も……っ」

上下に手を動かすと、余計なことが頭から飛んだ。

わかる。

「柏木っ、好き……っ」

息が乱れる。水音に紛れていても、自分がひとりであられもない声を上げていることはわかる。

いつも柏木がそうするように、胸の突起に触れると頭が真っ白になった。

「あ……っ」

カリ、と自分で爪《つめ》を立てて湧《わ》き上がってくる熱を高めていく。

「柏木……っ」

胸に当てた手と……自分自身に触れる手を、柏木のものにしてしまいたくて目をぎゅっと閉じる。そうすると余計に記憶が鮮明になる。

こんなに……。

こんなにはっきり思い出せるくらい、オレは柏木と体を重ねてきたんだと思うと全身に熱が回ったみたいだった。

『比呂』

ひときわはっきりと柏木の声が頭に響いたような気がして、瞬間に頭が真っ白になる。

「……」

はぁはぁ、という自分の息の大きさにゆっくり意識が戻ってきて。

「……」

自分の手が、今どこに置かれているのかを把握して。

「……っ、うあああぁっ！」

オレは叫んだ。

ちょっと待って！

待ってくれ。

オレ、今、何をした？？

「……っ」

全身、真っ赤になって慌ててジャグジーから飛び出る。

柏木がいなかった。寂しいと思った。だからって、こんな……。

冷静になれない頭のまま、とにかくジャグジーに放ってしまったものをどうにかしなければと排水ボタンを探す。ああ、その前にジャグジーの機能止めなきゃといろんなボタンを押してるうちにジャグジーが青白く光り始めて落ち込んだ。

「何してるんだ、オレ……」

ほんわり光るジャグジーを見ながら、全身の力が抜けていく。

柏木に影響されすぎだ。恥ずかしくて死ねる。

＊

「では、明日」

簡単な打ち合わせを終えて玉城が部屋から出ていく。

会合の後の宴会や二次会、三次会と称したつき合いがすべて終わったのは午前一時を回ったところだった。やっと周囲に人がいない空間を得て、ふっと息を吐く。

少し前の俺ならば、一番落ち着ける空間に……今は物足りなさを感じるのはかけがえのない存在を得たからだろう。

比呂をヤクザの世界に関わらせるつもりはない。けれど、比呂の存在を軽く扱わせるつもりもない。そうして、俺は比呂を今回の会合に連れてくることを決めた。

常盤会は日本でトップクラスの勢力を誇る。それでも、関西での影響力は少し薄い。だが、今は抗争中ではないのだ。話し合いで解決できることの方が多く、こうして年に一度は東西の主だった連中が集まって会合を開く。

そこに連れていくということの意味を、比呂はまだ完全には理解していないだろう。朝霞亮が何かを吹き込んだようだが、あくまで軽く話を聞いただけ。俺がこれによって比呂に着ける見えない鎖の重さには……まだしばらく気づかないでいい。

それに、と新幹線に乗り込んできた響子の姿を思い浮かべる。

俺の唯一だ、手を出すなと周囲を威嚇《いかく》する前に、結婚を匂《にお》わす別の相手がいることで計画は万全とは言いがたくなった。悔しさは残るが……まあ、今回のことは比呂を騙し討ちで連れてきたようなものだ。ズルをしようとしたつけだと思えば、仕方ない。

法律が許す関係であるならばすぐにでも比呂の戸籍を書き換えてやるんだが、あいにくとその方法では比呂は縛れない。けれど俺の持つ、すべての手段を使って比呂が俺から離れないようにしたい。それは渇望にも似た暗い願いだ。

ネクタイを緩めて、寝室へ続く扉を開ける。

その先のベッドに横たわる姿を見て、頬が緩んだ。

「比呂」

名前を呼んでみるが、反応はない。ぐっすり眠っているようだ。

今日はホテルの部屋を出ていないと報告を受けているが、比呂にとってはいろいろと疲れた日だっただろう。

起こさないようにそっとバスルームに向かう。比呂の横で眠るのに、他人に揉《も》まれた匂いは消してしまいたかった。

シャワーを終えてバスローブだけを羽織り、比呂のもとへ戻る。

そっと頬に手を伸ばしてみるが、眠りは深いようだ。

「……怖いか？」

ホテルに向かう社内でレプリカの銃に怯えていた顔を思い出す。

おもちゃだと言っているのに、動揺していた。

俺と比呂との住む世界の違い。

離してやれると思った時期もあったが、そのときですら無理だったのだ。比呂が愛を返してくれた今、もう手を離してやることはできない。溺《おぼ》れていると笑う奴もいるだろう。だが、俺はそこから抜け出す気などない。

「許せ」

ベッドの縁《へり》に腰を下ろして、眠る比呂の額に唇を落とす。それから瞼《まぶた》に。頬に。

落としていくキスの数がだんだんと増えてきて止まらなくなる。

「ん……」

比呂が小さく声を上げて寝返りを打った。ホテルのパジャマは胸元が大きくはだけていて、比呂の白い喉元《のどもと》が誘っているように思える。

喉元に舌を這《は》わせると、さすがに比呂の目がゆっくり開いた。

「起こしたか？　まだ夜中だ、寝ていろ」

心の中で、寝られるものならと言葉を続けて唇を重ねる。まだ寝ぼけているのか反応は薄く、それをいいことに舌を差し込んで比呂を堪能する。

「ん……っ」

キスを続けながらパジャマの上から体の線を辿るとぴくりと体が跳ねた。

「……今、何時？」

唇が外れると、気怠《けだる》い声で尋ねてくる。まだ頭ははっきりと覚醒していないらしい。

「二時」

正直に今の時間を答えると、あからさまに不機嫌な顔になる。なだめるように耳元にキスを落として、そのまま耳朶《じだ》を咥《くわ》えると吐き出す息が甘さを含んだ。

いつもよりその気になるのが早い……か？

行為を始めるとき、比呂は恥ずかしがって抵抗する場合が多い。進めていくうちに身を任せるようになるのだが、今日は眠いせいか旅先のせいか、抵抗が少ないようだ。

「んっ……」

鼻にかかる声を合図に、パジャマの中へ手を伸ばす。

するりと撫でると微《かす》かに身を捩《よじ》るので、ベッドの上に乗り上げて体重をかけた。

「や……柏木……」

弱々しく俺の胸に手を当てるのは抵抗のつもりだろうか？

「だから、寝てていいぞ？」

こちらは勝手にするだけだ。

脇《わき》のラインを辿って胸に着き、まだ柔らかい乳首に爪を立てる。それから親指の腹で擦《こす》ると、比呂がぎゅっと目を閉じた。

顔が赤い。息が乱れている。

やはり、いつもより反応がいいと感じたのは気のせいじゃない。

「比呂、寂しかったのか？」

「……っ！」

急にバタバタと暴れだした体を押さえ込んで顔を覗き込む。

こちらを睨みつける瞳は、情欲に潤んでいて……まるで食べてくれとでも言わんばかりだ。

「あっ」

薄いズボンの上からそこに触れるともう固くなり始めている。

こういう反応は……、悪くない。

悪くないどころか、ぐわりと体の中で熱い何かが沸き起こる。これは比呂に責任を取ってもらわなければならないだろう。

「寝てろっ……って……！」

「寝てていい。全部、してやる」

邪魔なズボンと下着を剝《は》ぎ取り、ベッドの下に放り投げる。足を開かせてそこに体を入れると諦めたのか抵抗がなくなった。

かわりに、恥ずかしいのか……腕で顔を覆っている。それを外させてキスをするのもいいが……、今は目の前に現れたそれに挨拶《あいさつ》しておこうと比呂自身にそっと唇を寄せた。

「あっ……」

咄嗟に閉じようとする太ももを摑んで広げさせると、ゆっくりした動きで比呂のそれに舌を這わせる。

「ああっ！」

緩やかな動きで舌を絡めて……先端に口づけを落とす。それから口に含むと、比呂はシーツを摑んで首を横に振っていた。

「柏木、や……っ」

制止の声は、喘《あえ》ぎと同じだ。

こんなに感じているのに、止めてほしいわけはない。

このまま一度いかせるか。

そうすればもう完全に流されるだろう。そう思って比呂の様子をちらりと見る。

「や…」

視線が合わさった。比呂が俺を見ていた。そして、大きく手を広げている。

「やだ。こっち、来て」

誘われるままに比呂の手が届く場所へ体を移動させると、ぎゅっと抱き着いてくる。

「比呂？」

「ちゃんと起きる、から。ちょっと待って」

整えようとしている息が、耳元にかかる。

少しだけ開いた唇が視線の端で揺れて……今すぐそれを貪《むさぼ》りたい衝動を必死で抑える。

「寝てるとこ、襲うなよ」

「仕方ないだろう。襲ってほしそうな寝顔だった」

「は？」

起きるのを待ってということだったから、もう再開してもいいだろうか？　そう思って耳元に唇を寄せるとそこも赤くなっている。比呂がここまで照れているのは珍しい。

「いつまで待てばいい？」

だから、舐めるかわりにできるだけ艶を込めた声で囁いた。

「うー……」

ぎゅう、と抱き着く力が強くなる。

酔った状態でない比呂がこんなに抱き着いてくることもあんまりないなと、その感触を楽しんでいると比呂が俺の頬にキスをした。

大切なことなのでもう一度言う。

比呂が俺の頬にキスをした。

「起きた。起きたから……して」

それから続いた言葉に、久しぶりに理性が焼き切れる音を聞いた気がする。

噛みつくように唇を重ねて、まだ脱がせていなかった比呂のパジャマの上着を脱がせる。ボタンのひとつやふたつは引きちぎったかもしれない。痕《あと》をつけながら比呂の体に唇を這わせ、その間にベッドサイドの引き出しを探す。だが……ああ、ここは家ではなかった。

そこに引き出しはなく、当然ジェルもない。

舐《な》めて解《ほぐ》してやるほどの余裕はない。ジェルは……ああ、そうだった。バスローブのポケットに入れていた。

そんなことすら忘れてしまうほどに余裕がなくなっていた自分に笑いが込み上げる。

目当てのものを探り当てると、すぐに比呂の下半身にそれを垂らした。

「ひゃっ」

冷たかっただろうか？　だが、比呂が悪い。

後ろに手を回して、俺を受け入れる場所に触れる。比呂の体が強張ったが……、それでもそれは一瞬だった。まるで受け入れるようにくたりと力の抜けた体を支えると、ぐっと中指を差し込んだ。

熱い。

その熱さが俺を受け入れるためにあるようにも思えて、さらに奥へと指を進める。

「ああっ」

感じる場所に触れると、比呂の体が震えた。その隙にもう一本、指を増やす。なだめるように顔にキスを落としながら……今すぐここに挿入したい気持ちを必死で抑え込む。もう少し解しておかないと、比呂が辛《つら》くなる。

「柏木」

名前を呼ばれて視線を落とすと、潤んだ瞳が俺を見上げている。

「寂しかった」

ああ、もう無理だ。

降参だ。

指を抜いて、すっかり固くなったものを比呂の後ろに押し当てる。ぐっと腰を進めると、甘い甘い声が上がる。

「比呂」

今日は声もがまんしていない。

それが寂しさのせいだというのか。

「比呂、愛してる」

何度も囁いて、唇を重ねる。

こういう素直な比呂も愛《いと》おしい。こんな比呂が見られるのなら、たまには……いや、それはよくない。比呂に寂しい思いをさせるのは本意じゃない。

すっかり自身を比呂の中に収めて、様子を確認する。痛がってはいないようだ。

「かし……わ、ぎ」

舌足らずな甘い声が俺の名前を呼ぶ。

「すき……」

消えそうな声だった。

比呂はそのまま真っ赤になった顔を背けてしまう。

「馬鹿だな」

お前がそんなことを言うと、体の熱は制御できなくなる。

「優しくしてやれない」

優しかったことなんてないじゃないか、と比呂が文句を言ったような気もしたが、俺はそのまま湧き起こる熱に身を任せた。

*

だるい。

腰が痛い。

寝不足と、過度な運動のせいだ。オレの若さをもってしても、柏木には勝てない。

まあ、昨夜はオレも悪かった。寝ぼけた頭でつい柏木を煽るような言葉を告げてしまった気がする。そう、寝ぼけていたんだ。断じて風呂でのあれこれのせいで、寂しかったとか欲求不満だったとか、そういうことはない……はず。うん。

「……アラサーのくせに」

昨日は遅くまで飲んで、その後にオレを襲って朝六時に起床。柏木は体力面でいろいろおかしいと思う。

「夕方には戻る。いい子にしてろ」

額に軽いキス。これを嫌がると本格的なキスになり、不本意な展開になることもあるので朝のキスは無条件で受け入れることにしている。オレなりの譲歩だ。

「朝食は？」

「向こうで取る」

ゴルフに行く、という柏木はスーツではなかった。

黒いスラックスに黒いベスト、グレーのシャツっていう黒中心のコーディネートには変わりないけれど、ゴルフウェアなだけあってカジュアルな感じがする。

「比呂はテラスで取るか？」

テラス……。確かにあの広いテラスで朝食って優雅だ。思わず頷きそうになったけれど、慌てて首を横に振る。部屋に籠《こも》っていては響子さんが動きにくい。

「ビュッフェ！」

「ん？」

「このホテルの朝食ビュッフェ、有名じゃん！」

「そうだったか？」

そうだ。

昨夜、響子さんが来やすい状態を作り上げることを必死で考えた。

そうしたら、朝食ビュッフェに行くべきだという結論に辿り着いた。

ビュッフェ会場なら、響子さんも簡単に入れる。そしてオレは何時間でも居座れる。

各地からお取り寄せのフルーツ。朝採れ野菜。シェフが目の前で焼くオムレツとパンケーキ。契約牧場で作られたヨーグルトにホテル特製の自家製ソーセージ。京都《きょうと》から毎朝取り寄せる作りたての豆腐！

それらがずらりと並ぶビュッフェ会場。

オレの楽しみと響子さんに会いやすい状況を作ること。両方を叶《かな》えるこのできる完璧なプランだ。

「オレ、ビュッフェで食べたい」

「じゃあ、そういうスタイルで準備……」

「違う。ビュッフェレストランに行って食べる！」

「クラブラウンジにも……」

「そこじゃない」

柏木は少し眉を寄せた。けれど、ビュッフェスタイルで朝食を準備させるだなんて案に頷くわけにもいかないし、クラブラウンジなんて洒落た場所で食べる気もない。

オレは広い会場にたくさん並んだ料理から好きなものを好きなだけ選んで食べるあの贅沢を味わいたい！　同じだけの種類がクラブラウンジにあるなどと言われても、用意されている量が違うだろう。ずらりと料理が並ぶ姿を見たいんだ。

比重が響子さんよりもビュッフェに傾いてることは否定しない。

「……まあ、それもいいだろう」

納得はしていないようだが、許可は出た。というか、許可ってなんだ。昨夜はおとなしくしていたのだから、今日くらいは自由に動く。

「高崎を困らせるなよ」

「大丈夫」

胸を張って言うと、柏木はもう一度眉を寄せた。あまり信用はないらしい。

着替えを終えるとビュッフェレストランはもう開いているというので、ワクワクしながらそちらへ向かった。

高崎さんがいつもより少し背筋が伸びているのは、気を張っているからだろうってことはわかるけれど心配しすぎだ。

レストランに入ると、大きな窓から眩《まぶ》しい光が差し込んでいた。

高い天井にあるシャンデリアが朝日を受けてキラキラと光る。白で統一されたテーブルクロス。中央のオープンキッチンで腕を振るうシェフに、ずらりと並んだ色とりどりの料理。どうしよう、テンションが上がる。

「こちらへ」

案内される先は、しきりのある奥の個室のようだ。それではせっかくの料理が遠く……ではなくて、響子さんが来たときに見つけにくい。

「ここじゃダメですか?」

オープンキッチンにほど近い席を指さす。ここなら入口からも見つけやすい。

それに、オープンキッチンとドリンクが置いてある壁際の机との延長線上にある完璧な場所だ。

どうせ料理を取りに行くのは一回で済むはずない。

まずはオープンキッチンで温かい料理を作ってもら……あ、あれはハム? ハムなのか。

視線の先で、大きな茶色の塊を切りわけている光景に釘《くぎ》づけになる。運ぶときは両手で抱えないといけないくらいの大きさだ。あんな塊のハムなんて初めて見た。

薄く切られたピンク色のハムは銀色のトングに摑まれてふわりと宙を漂い、客の皿に乗せられる。

オレが目をキラキラさせながらオープンキッチンを見つめていることに気づいたホテルマンはにっこりと笑って席を準備してくれた。すぐ後ろの高崎さんが若干呆れた顔をしているのは無視だ。

よし。まずはあのハム！　それからオムレツを作ってもらって……。せっかく椅子を引いてもらったのに、腰を下ろしたのはほんの数秒だ。臨戦態勢に入ったオレは白い皿を掲げてオープンキッチンへ向かう。

響子さんのことは忘れてない。ただ、今は目の前の戦いに集中しているだけだ。

「ハム、ください」

思わず大きくなってしまった声に口元を押さえる。

「はい、もちろん」

シェフが笑ってオレのためにハムを切ってくれる。オレのハム。あれはオレのハムだ。ふわりと皿に着地したピンク色のハムに食欲が刺激される。口に入れたときの味を想像すると、涎が出そうだ。

「もう一枚いりますか？」

あまりの勢いに一枚で足りるのかと聞いてくれるのは親切心だと思うが、オレはこの皿にソーセージと野菜を乗せるのだと決めている。断腸の思いで首を横に振って、料理が並ぶテーブルに向かった。この後はオムレツも、スープも、パンケーキも食べなきゃならない。

「比呂さん、そんなに食べて……」

五回目の皿をテーブルに置くとさすがに高崎さんが呟いた。ずっと目線で同じことを言われていた気がするから、声に出したところで今更だ。

「平気平気。昼はたこ焼きだし」

なんならそれはおやつの部類。きっと朝にお腹いっぱい食べてもどこか別のところへ入ってくれる。

「……細いのに、随分食べるのね」

呆れたような声に顔を上げると、そこにはオレがずっと待っていた人がいた。高崎さんが声をかけてきたのも、そのせいかもしれない。だったら普通に『響子さんが来ましたよ』って教えてくれればいいのに。

響子さんは当然のようにオレの正面に座る。

高崎さんは約束を守ってくれて響子さんを通してくれた。視線を送ると、少し離れた場所で石のように立っている。あれ、うちで困ったときに壁際で取ってる姿勢だな。

「食べ盛りなんで」

オレの皿にはシェフが目の前で作ってくれたオムレツが乗っている。ただのオムレツじゃない。三種のチーズ入りだ。特製のフレッシュトマトのソースもかかっている。あまりにおいしくて、二度目を頼んでしまった。オレを待っている料理はまだたくさんあるのに、誘惑に勝てなかった一品だ。

「あ、響子さん。これ返します」

要件は早くに片づけてしまおうと、ポケットに入れていたそれをテーブルの上に置く。

ゴトリ、と軽くない音がして……慌てた響子さんが、手元のナプキンをその上に広げた。

「ちょ……っ、そんなに堂々と出すものでもないでしょ?」

「でもレプリカだし」

むしろ堂々していない方がおかしいのではないかと思う。

響子さんはナプキンごと銃を取って膝の上に落とすと、目立たないようにハンドバッグの中に片づけた。ようやくそれが視界から消えてから、やっぱり必要のないものだったって感じる。オレの手にないことの方が自然だ。

「それで、私を待っていたってことは、浩二さんの結婚について考えてくれるってことでいいのかしら?」

「いいえ、それはないんですけど」

それとこれとは話が別だ。それに、もしそうだとしてもそれはオレと柏木が話し合って

POSTCARD

STAMP HERE

101-8405

東京都千代田区
神田三崎町2-18-11

二見書房
シャレード文庫愛読者 係

通販ご希望の方は、書籍リストをお送りしますのでお手数をおかけしてしまい恐縮ではございますが、**03-3515-2311までお電話くださいませ。**

<ご住所> □□□-□□□□

<お名前> 様

*誤送を防止するためアパート・マンション名は詳しくご記入ください。
*これより下は発送の際には使用しません。

TEL	職業／学年
年齢　　代	お買い上げ書店

Charade 愛読者アンケート

この本を何でお知りになりましたか？

1. 店頭　2. WEB（　　　　　）　3. その他（　　　　　　　　）

この本をお買い上げになった理由を教えてください（複数回答可）。

1. 作家が好きだから（小説家・イラストレーター・漫画家）

2. カバーが気に入ったから　3. 内容紹介を見て

4. その他（　　　　　　　　）

読みたいジャンルやカップリングはありますか？

最近読んで面白かったBL作品と作家名、その理由を教えてください（他社作品可）。

お読みいただいたご感想、またはご意見、ご要望をお聞かせください。

作品タイトル：

ご協力ありがとうございました。

お送りいただいたご感想がメルマガに掲載となった場合、オリジナルグッズをプレゼントいたします。

出した結論であるべきだろう。柏木と響子さんが結婚するのは嫌だし、柏木も否定してくれたから、オレと柏木の出した答えは『話し合いすら必要ない』で合ってるはず。

そう思うとなんだか心が通い合ったラブラブな恋人同士みたいでむずがゆいな。間違ってはないかもしれないけど、自覚すると恥ずかしさの海に沈んでいきそうなので、深く考えないことにする。

「響子さん、本当に姐になりたいって理由だけで柏木との結婚を考えたんですか？」

駆け引きは苦手なので、直球で聞いた。

響子さんが柏木と結婚して常盤の姐になることでオレが安全になる。それはそのぶん、響子さんが危険になるということだ。そうまでしても引き受けたいと思う人もいるだろうけれど、何か違和感を覚えた。

人それぞれ基準は違うだろうし、柏木たちの世界で権力を持つことの意味をまだオレはわかっていない。それでも響子さんという人を目の前にしたとき、そういうことにしがみつくようなギラギラしたものを感じなかった。

「比呂ちゃん、堅気でしょう？　柏木浩二の隣に立つっていうのは、覚悟がいるの。貴方《あなた》みたいな子にそれは背負えないわ。こんなおもちゃでも怖かったんじゃない？」

オレの問いには答えてくれない。

でも銃を渡した理由は、やっぱりオレを怖がらせたかったんだとわかった。柏木たちの世界は普通ではない。覚悟はあるかと聞きたかったんだろう。

「それ……、むっちゃ怖かったです。ヤクザ怖ぇ！　って思いました」

響子さんがにっこり笑ったのは、思うとおりの結果を得られたからだろう。でも、とオレは話を続ける。

「だからって、柏木から離れる理由にはならない」

柏木に『ヤクザは怖いか？』と聞かれたことは一度や二度じゃない。もちろん、オレだってヤクザは怖い。

でも、柏木はオレを見て笑うんだ。

ふざけたメールを送ってもちゃんと返信してくれるし、遅くなるときはスイーツを買ってきたりする。朝食の卵焼きだって日ごとに変わる俺の好みに合わせてくれる。

それはオレに向けられる優しさであり、嬉しさであり、愛しさであって……。それに触れてきて怖いだなんて、言わない。ヤクザが怖いことと柏木が怖いことは同じじゃない。

「やけにはっきり言うのね。じゃあ切り口を変えるわ。私なら浩二さんの『妻』になれる」

う、と思わず声が詰まる。

そこは確かにオレが埋められないものだ。

「浩二さんがいる世界は厳しいわ。だから、私が防波堤になってあげる。組の内向きのことだって見るし、仕事のサポートもできる。新幹線で話したとおりよ。私は常盤の姐の座を手に入れる。浩二さんは便利な道具を手に入れる。比呂ちゃんは安全を。みんなが幸せになれるわ」

すごくいい案のようにも思える。これが、他人事だったら。

みんなが幸せ……間違ってはいない。誰も損をしない案だ。だけどそれは、関わる人全員が感情を持っていなければの話。

「響子さんは愛のない結婚をして、柏木は形だけとはいえ、恋人を裏切ることになる。オレはいつ、柏木が心変わりするか不安な日々を送らなくちゃいけない。……それって、誰も幸せになりませんよね？」

心が、大丈夫なはずはない。

「結婚って、一生のことですよね。それを……オレが言うのもなんですが、あんな変態と形ばかりの夫婦になって幸せなはずない」

「変態……？」

響子さんの言葉に大きく頷く。

「柏木が変態じゃなくて、誰が変態なんですか」

「え？　浩二さん、変態なの？」

「かなり」

前のめりになった響子さんに対して、オレも前のめりになる。

「まさか比呂ちゃん、蠟燭《ろうそく》とか鞭《むち》とか……」

「それはないですけど、鎖はあります。部屋に監禁されました」

まあ、おかしな男たちの襲撃を受けたすぐ後に外出しようとしたオレを止めるためとか、喧嘩《けんか》したからとか、そういう細かい事情は省いておく。鎖に繋いだのは事実だ。

「それなのにつき合ってるの？　比呂ちゃん、Mなの？」

そんな疑いをかけられても困るので首を横に振っておく。痛いのは普通に嫌だ。

「浩二さんとは同意なのよね？」

声が小さくなったのは、オレが言いにくいと思ったからだろうか。

「同意です。……その、最初に誘ったのはオレだし」

酔っていて覚えてないとかも省いておく。これもまた事実には違いない。

「そうなの？　見た目に似合わず、大胆ね」

大胆……？

酔ったオレは大胆なんだろうか。記憶がないのでなんとも言えない。一度、高崎さんの前で酔っぱらったときは二、三日よそよそしかったから、とんでもないことをしているんだろうとは思うんだけど。

「その……、聞きにくいんだけど、大切にしてもらってる？　浩二さん、昔から恋人に対して冷たい人だったから……」

柏木の、昔の恋人。

うん。

うん。いるよな。知ってたし、覚悟もしてた。

柏木は男前だし、金持ってるし、背も高い。権力もあるし、色気みたいなのもあるし
……モテないわけがない。

「あー……」

けれど『むっちゃ大切にされています』と自分の口から言うのはかなりの恥ずかしさを伴う。

実際、柏木はオレに対して激甘なんだ。歩きたくないって言ったら、抱え上げてくれるんじゃないかって思うくらい。態度で、言葉で……最大限、甘やかされている自信がある。

「私の知ってる限りで半年以上同じ相手と続いたことはなかったし、複数と同時に関係を持ったり……。連絡先だって教えてた相手は少ないんじゃないかしら。浩二さんは女の敵だって思ってたもの」

それは最初のころに安瀬さんから聞いた。あのときは……、そう。あれだ。平均愛人期間が一ヶ月だって言ってた。冷静に考えると、確かに女の敵だ。

「もし、浩二さんと繋がってる理由がお金なら心配いらないわ。それなりのものを用意す

る。別れても、別れなくても」

変態だと言っておいて、しかも大切にされているかの問いに答えられなかったらそういうふうに誤解されても仕方がない。

「いっ、いえ。オレもけっこう柏木のこと好きなので。それで……それで、その……大切にも……されて、ま……す」

声が小さくなったのは許してくれ。顔に熱が集まってきて、死にそうなんだ。

恥ずかしさを誤魔化すために、皿の上にあったオムレツにフォークで切れ目を入れる。とろりと半熟の中身がこぼれてきて、そこにトマトソースが絡まって落ちていくのを見ていると落ち着いてきた。食べ物ってすごい。

「ふーん。その顔を見ると嘘じゃないみたいね」

オムレツをフォークに乗せると、中に入っていたチーズが少し糸を引く。口に入れると、間違いなく幸せなやつ。落ちそうになる黄色い卵を慌てて口に運ぶ。

やっぱり、美味い。トマトソースの酸味が卵と混じって柔らかくなる。それから口の中にチーズの風味が広がって……。

「でも、比呂ちゃんに浩二さんを支えることは無理よ」

オムレツに現実逃避していた頭が一気に引き戻された。

あんなにおいしかったのに、次のひとくちをフォークに乗せようとする気分がしぼんでいく。

「支え、ですか？」

フォークを皿に置いて考えてみる。

「そうよ。妻は夫を支えるものでしょう。仕事も、プライベートも。でも、比呂ちゃんは仕事の部分は気にしないでいい。好きなことをしていいのよ？」

そういう話を聞いていると……結婚てなんだろうって思えてくる。根本的に女性の考える結婚とオレの考える結婚は違うのかもしれない。

「柏木は支えを必要としてないと思います」

「え？」

「だって柏木、金も権力もじゅうぶんあるし。玉城さんも安瀬さんもいて、オレが手出しするようなとこってないですし」

柏木は自分の足で立っている。だから、その強さがすごいと思うんだけど。

進路だって決まってないオレは、柏木の力になれると自信を持って言えるほどのものを持ち合わせていない。むしろオレが支えてほしいくらいだ。

しいて言えば癒し担当？

いや待ってくれ。オレは柏木の癒しになってるんだろうか。

逃げ出したり、攫《さら》われたり、わがまま言ったり……うん。癒しになってる自信もない。

だったら、柏木にとってのオレってなんだ？

　柏木の隣にいることは決めたけれど、後はノープランだ。こんな調子だから、就職活動だって進まない。流されすぎだろ、オレ。

「そんな中途半端な覚悟で浩二さんの隣にいるつもりなの？」

　響子さんの声が厳しくなる。でも言わせてもらえるなら、ひとつだけ確かなことがある。

「オレは力もないし、覚悟もないけど……気持ちだけは決まってるので」

「ふざけないで。そんなものが通用する世界だと思ってるの？」

　鼻で笑われて、ちょっとだけかちんときた。

　だって、オレと柏木はおつき合いをしてるんだ。確かに柏木の方が負担に感じるものが多いかもしれないけれど、恋人同士って対等なはずじゃないか。

「オレは柏木の世界なんて知らない。気持ちだけだってじゅうぶんだろ」

　というか、その他に何がいるんだよ。

　オレは柏木が好き。柏木はオレが好き。そうしたら普通はハッピーエンドだ。

　恋人になったからって、柏木のために生きるということではない。オレはオレの生活を。柏木は柏木の生活を。お互いが独立していていいはずだ。甘えられるところは甘えて、支えられるところは支えて……けれど根本では違う人間なんだから、どちらかが一方的に献身するのは違うはずで……。

「好きってだけで上手くいくなら苦労はしないわよ！」

響子さんがバンッと机を叩《たた》いた。

言い返そうとして……ふと気づく。

響子さんが、震えてる。何かに怯えて、小さくなって。

「……響子さん、好きな人がいるんですか？」

それは多分、柏木じゃない。けれど、好きってだけで上手くいかないと断言する響子さんの中には、想いが溢れているような気がした。

「好きな人……」

ぽつりと響子さんが呟く。それから皮肉げな笑い。響子さんには似合わない表情だ。

「いるわよ。ずっとずっと好きな人が」

やっぱり、いるんだ。

こんなふうに震えるくらい大切な人が。

「だったら……」

「だから、浩二さんと結婚したいの」

オレの言葉を遮って、響子さんがはっきりとした口調で言い切る。

「でも、好きな人って」

「気持ちだけじゃダメだって言ってるじゃない。私は常盤の姐にならなくちゃいけないの」

響子さんの表情から、怯えが消える。強い瞳は決意を表しているようで……。つまり、常盤の姐になるということが響子さんの好きな人に繋がることなんだろう。

だったら、やっぱり相手は柏木？

いや、違う。違うと思う。だって、そうだったらあんなふうに震える必要なんてない。オレを愛人でいいなんて認めずに正々堂々と戦うはずだ。

いったい、響子さんの好きな人って……？

「響子」

そう疑問を持ったとき、入口付近で低い声が響いた。

「え？」

声は、柏木に似ていた。けれど、柏木じゃない。

そちらへ視線を送ると、見た目は五十代半ばくらいの男性が立っている。

「豪さん……」

響子さんの呟きでそれが誰であるかを知った。

柏木豪。常盤会の会長で、柏木のお父さん。

立っている姿が、柏木に似ていた。白髪交じりの髪であきらかに柏木とは別人だとわかるけれど、ふたりが並んで立てば親子だということは疑われないだろう。纏っている雰囲気がそっくりだ。

柏木が年を取るとこうなるのかなと思うけれど親近感は持てない。だってこっちを見る目がものすごく怖い。睨んでる。眼光半端ない。

あ、そうか。オレは、向こうから見れば息子の男の恋人だなんてとんでもない存在だった。

「響子。そんなものをお前が気にかけることはない。来なさい」

立ち上がった響子さんが少し迷うそぶりを見せる。会長には逆らえない……？ そんなとこだろうかと思ったけれど、響子さんの表情を見て考えが変わる。

響子さんの顔が少しだけほころんでいた。

柏木のお父さんがここに来たのを、喜んでいるみたいだ。

まさか、と思う。だって、いくら五十代半ばに見えたって、柏木のお父さん……柏木豪という人は六十三歳だってネットに書いてあった。昨日の新幹線で響子さんに言われて少しくらいはと調べたんだ。

そのときに柏木のお母さんが二十年以上前に亡くなっていたことを知った。ネットで知ることではなかったと反省して、それ以上詳しいことは調べなかった。多分、お父さんは独身のままだと思うけど、響子さんとではさすがに年齢差が大きい。

「あ、あのっ……」

何か言わなきゃ、と焦って立ち上がった。

でも、ぎろりと睨みつけられて言葉が続かなくなる。その間に響子さんは柏木のお父さんの方へ行ってしまう。

常盤会の会長。いわゆる、ヤクザの大親分。普通に暮らしていたら言葉を交わすこともない人だろう。そんな人物から冷たい視線を向けられて逃げ出さないオレ、ちょっと偉くないか？

「子供がこんな場所に来るのは分不相応だろう」

子供……。うん。柏木のお父さんから見たら、オレなんて孫みたいな年齢だ。

「せいぜい、どこかのマンションで浩二を待っていればいい。それくらいのことにとやかくは言わん」

「オレは……っ」

「響子は常盤の姐にふさわしい女だ。お前は立場をわきまえておとなしくしていればいい。視界に入らない限りは見逃してやる」

高圧的な態度がよく似合っている。堂々と理不尽なことを言って人の話を聞かないあたり、本当によく似ている。

普通なら竦《すく》んでしまいそうになる迫力になんとか負けずに踏みとどまれたのは、知らないうちに柏木相手に鍛えられているのかもしれない。

でも、柏木はあんな表情はしない。基本的にオレに向けられる顔はどこか緩んでいて……だから余計にこちらへ向けられるのが好意的でない感情だとよくわかる。

「立場をわきまえろ。小僧」

「……っ」

小僧！　リアルにそんな呼び方をされることがあるなんて……！

びくりと震えた体に気づいた高崎さんが、オレとお父さんたちの間に身を滑り込ませる。

よかった。目の前に高崎さんの背中があるだけで安心できる。柏木に似た顔で怒鳴られると、どうしても重ねてしまって心理的なダメージが大きい。

「……退《ど》け、高崎」

「いいえ。私は比呂さんを守るのが仕事です」

高崎さんがいつになく強い口調で言い切る。その表情は見えないけれど、柏木のお父さんと対峙《たいじ》するのはかなりの覚悟がいるだろう。

「ならば、その子犬は鎖でもつけて繋いでおけ」

もうすでに繋がれたことあります、とか言える雰囲気じゃない。

「……繋いでも、無駄です」

身をもって知っている高崎さんの言葉には実感が籠っている。

「……」

柏木のお父さんはわずかに片眉を上げてオレを見た。少しだけ考えるようなそぶりを見せてから、ふっと息を吐く。

「こんな子供がなんだと言うんだ」

静かな口調だった。

「どう考えても、選ぶべきは響子だろう」

親なら、そう思うんだろう。

大前提として、オレは男だ。それだけで息子の相手だなんて認めたくないはず。そのうえ、柏木の力になることもできない、ただの大学生。そりゃあ昔から知っている響子さんの方が選ばれるべきだという気持ちはわかる。けれど、それを納得できるかと言われても頷くわけにはいかなくて。

「あのっ、オレ……」

何を言ったらいいんだろう。

ごめんなさいと謝るのは違う。オレと柏木は謝らなきゃいけないような関係じゃない。だったら、認めてもらわなきゃと思う。

「オレ、秋津比呂です。柏木とつき合ってます。よろしくお願いします」

一息に言って、頭を下げた。

玉城さんや高崎さん、安瀬さんのような周囲の人たちが認めてくれていることの方が不思議だって思わなきゃいけない。悪いことをしているわけじゃないけれど、柏木のお父さんだけはオレを詰《なじ》る権利がある。

怯えてるだけじゃダメなんだ。オレはこれから先も柏木とつき合っていく。お父さんのことを避けていくわけにはいかない。

「名乗る必要などない。お前はこの場所に似つかわしくない」

そう、この人は柏木のお父さんなんだ。

高圧的な物言いだって、理不尽な態度だって柏木にそっくりだと思えば怖さも消え……てはないけど、ちょっとはマシだ。

「響子なら、浩二とともに組を支えていけるだろう。お前にはできないことだ。それとも、お前は男の身で常盤の姐になるつもりか？」

「へ？」

思わず変な声が出た。

常盤の、姐？

姐さん？

「いやいやいや、無理っ！」

咄嗟に否定したのは、まったく、これっぽっちも頭になかったからだ。オレの未来はオレが考えているより突拍子もない選択肢が存在しているらしい。

なんだか心臓がバクバクしてきた。

響子さんが柏木の婚約者だと言われたときより、はるかに動揺した。

就職ばかり考えていたオレに、院や専門学校を考えてみろと言ったのは亮だ。それだけでも選ぶ未来は広がったところだったのに……。

姐……。姐さん。オレ、着物とか着なきゃいけないかな？　柏木みたいに刺青を入れる？

無理だ。オレがそういうことをすると、いろんな意味で痛くて死ねる。オレでは素敵な姐さんになりようがない。

おもちゃの銃ひとつで動揺するオレに、柏木の世界は遠すぎる。

「覚悟もないのに、権利だけ主張するとはな。嫌だ嫌だと喚《わめ》いてるだけで、未来のことなど何も頭にないのだろう」

……言われてしまった。

何も言い返せずに押し黙る。反論の余地はない。オレは今、柏木との未来どころか、自分の未来さえ見失っている。

もうすぐ大学四年生になるにもかかわらず、就職活動も始めていないオレには考えなきゃならない具体的なことすら思い浮かばない。

「おとなしく、ふたりの結婚を祝福すればいい。お前には不自由ない生活を保証してやろう」

ごくりと唾《つば》を飲み込む。

柏木のお父さんの言葉に流されそうになったからじゃない。オレが主張できるものが何もなくなったからだ。

お父さんの言うとおりだ。

オレはただ、嫌だと喚いているだけ。お父さんが安心できる言葉のひとつも出てこない。諸手をあげて歓迎してもらえると思っていたわけじゃない。けれど、柏木がいいと言うのならと……いろんなことを棚上げにしてのんびりしていた。

「行くぞ、響子。こんなものに割いてやる時間がもったいない」

声をかけられた響子さんは、少しだけ表情を曇らせた。さっきまであんなに堂々とふるまっていたのが嘘みたいだ。

「響子さん」

本当にそれは響子さんの幸せなんだろうか？

「……」

こちらを向いて何か言いかけた響子さんは、結局何も言わずに柏木のお父さんの後に続いて歩き始める。

「響子さん、それでいいんですか？」

好きな人がいるって言ってたのに。

それは柏木じゃないはずなのに。

響子さんは振り返らずに歩いていく。その表情はもう見えない。

「比呂さん……」

心配した高崎さんが声をかけてくれて、ハッとする。オレはぼんやりしていて……。情けないなあ。何もできなかったなんて。

「比呂さん。これ以上は社長にお任せするべきです」

はっきり言い切る高崎さんは珍しい。

「でも……」

「社長を信じてください」

食い気味に意見を述べる高崎さんも。

「会長が向かわれたのは、おそらくゴルフ会場です。そこには社長がいます。大丈夫です」

大丈夫、なんだろう。

柏木は悪いようにしない。きっとオレの願っているとおり、お父さんの決めた婚約なんて認めないし、オレを否定するようなことはないだろう。

「柏木は譲らないだろうけど……」

だからといって、柏木ひとりに任せていいんだろうか。

オレを守ること。住んでるところの費用、それから日々の生活の細々したこと。オレは全部を柏木に頼っている。柏木がそうしたいからいいだろうって。でも、家族も関わるような大切なことまで任せていいとは思えない。

認めてもらうことは簡単じゃないだろう。柏木のお父さんから見たオレはまだガキだし、感情のままにしか動けない。柏木の支えになるどころか確実に足手纏いだ。

けれど柏木の笑顔を一番引き出せるのはオレだ。執着心だって愛情だって変態なところだって、オレが一番引き出せる。

柏木の弱味がなんだ。弱味だって晒《さら》さなきゃ、強くならない。

守ってもらうだけなんて情けなさすぎる。

それに、響子さん。

好きでもない相手との結婚を選ぶほどに、余裕がない。柏木のお父さんに連れられていく姿は不安そうで、最初に見た明るさがなくなっていた。

オレと柏木を引き離そうと思ったら、もっとひどい言葉を投げつけることだってできたはずなのに、真正面から説得しようとしている。まっすぐで、悪い人じゃないんだ。このままほうっておくことはできない。

「わかりました」

ぱっと顔を輝かせたオレに、高崎さんは言葉を続ける。

「ですが、それは今じゃなくてもいいはずです。今日、社長が戻ってきてから一緒に対策を考えましょう」

「……」

むう、と唇を結ぶ。

高崎さんが、正論でオレを落ち着かせようとしている。

「ほら、もうすぐ友喜さんとの約束の時間になります。世界一おいしいたこ焼きを食べに行くんでしょう？」

正論の次は食べ物だ。なんだかオレを攻略するマニュアルでもあるのかと思う。

でもさすがにこの問題とたこ焼きとを天秤にかけるつもりはない。

「大丈夫です、比呂さん。さあ、友喜さんが来る前に出かける準備をしましょう」

背中を押されて、渋々足を進める。よく考えたら、今のオレは財布も携帯も持っていなかった。ゴルフ場に追っていくにしても、場所を知らない。追うべきお父さんの姿はとっくに見えなくなっている。

高崎さんの言うように『準備』が必要かもしれない。

「たこ焼きかあ……」

「比呂さん？」

「うん。たこ焼き、食べに行こう」

俺は足早に歩き始めた。


「どこに向かってんの？」

「世界一おいしいたこ焼き食わしたる、言うたやろ」

友喜に案内されるまま、住宅街を歩く。ほんとにただの住宅街だ。店らしいものがあるような感じはしない。なんならマンションさえもない、一軒家が多い場所だ。

ちなみにベンツは入れないくらい狭い道になったので置いてきた。高崎さんはすぐ近くにいるけれど、他の護衛の人たちは数メートル離れてくれている。こんな住宅街じゃかなり浮いてるので、通報されなきゃいいなと思う。

「有名な店？」

「あほ。有名になってたまるか」

なるほど。人にはあまり教えたくないような店らしい。

知る人ぞ知るって感じだろうか。ちょっとわくわくしてきた。

「ここや！」

友喜が指したのは、家の間にある小さな白いコンテナだった。

コンテナの横には古びた赤いのぼりが立っていて、そこには確かにたこ焼きと書いてある。

コンテナの窓からたこ焼きを焼く鉄板が見えているけれど、中に人はいなかった。

「あれ、おばちゃんおらへんな」

そう言った友喜はコンテナの奥にある一軒家に向けて歩いていく。

このコンテナ自体、その家の庭に無理矢理設置されているような印象だ。そして、駐車スペースと思われる場所に古びたテーブルと椅子がいくつか置かれている。

「おばちゃーん、たこ焼き焼いてー」

友喜は慣れた様子で家の玄関を開けて叫んでいる。

アットホームすぎる空間に、オレは目をぱちぱちさせた。

「はいはい。あら、なんや。友喜やないの。久しぶりやなあ。元気にしとった？」

「元気元気。今日は友達に世界一のたこ焼き食わしたるゆうて連れてきた！」

家の中から出てきた女性は、おばちゃんというよりはおばあちゃんだ。曲がった腰を手でさすりながら、よろよろとした動きでコンテナに向かう。

「そら、気合入れて作らなあかんな。マヨでええか？」

「頼むで！　手伝おか？」

「じゃあ、火ぃ、入れてもらおか。それと、テーブル拭《ふ》いて」

一緒にコンテナに入った友喜が鉄板に火を入れるのが見える。それから、ふきんを手に戻ってくるとテーブルを拭き始めた。テーブルは友喜が力を入れるたびにガタガタと音を立てる。足元が安定してないせいだろう。

「……えーっと、オレも何かする？」

「かまへん。お客さんはゆっくり座っとれ」

お前も客じゃないのかとは思ったが、友喜が楽しそうだ。

「この店、なんていう名前？」

たこ焼き、というのぼりはあるものの店の名前を書いたものは見当たらない。友喜はオレの言葉に動きを止めて、考え込んだ。

「……おばちゃんのたこ焼き屋や」

うん、店に名前はないのかもしれない。

「別にええやん。俺はずっとそう呼んでるし、それで伝わるし」

それくらい、この場所にずっとあるたこ焼き屋さんなんだろう。

じゅう、と音が聞こえてコンテナを見るとおばちゃんが生地を流し込むところだった。小さな穴に次々と生地を流し込んで……待って。オレたちしか客はいないのに、すごい数作ってない？

ふるふると震える手で鉄板のほぼ全部に生地を流し込んだおばちゃんは次にタコを入れ

ていく。あ、タコ一個とんだ気がする。そしてそのあとに二個入った。

「当たりと外れやな」

友喜もその手元を見ていたのだろう。笑ってふきんを片づけに行った。

おばちゃんはタコの数なんて気にしないらしい。なんだか楽しくなって眺めていると、両手に千枚通しを持ったおばちゃんの目がきらりと光った気がした。

「おお！」

思わず声を上げたのは、さっきまでの震える手の持ち主とは思えない手さばきでたこ焼きをひっくり返し始めたからだ。

おばちゃんの手によって丸く形成されていくたこ焼きに感動すら覚える。

友喜が再びコンテナの中に現れて、おばちゃんが次々に仕上げていくたこ焼きをトレーに並べていく。このコンビネーションは昨日や今日に仕上がったものではないだろう。

「ほな、あとはジャーの中に入れといてなあ」

仕事を終えたおばちゃんはまたよろよろとした足取りで家に戻っていく。ジャーとは保温容器のことらしい。友喜はここでバイトしていたのかと思うくらい手慣れている。

「おばちゃん、一緒に食べへん？」

「もうすぐワイドショー始まるからまた今度なあ」

おばちゃんはどうやらテレビが見たいらしい。やるべき仕事を短時間できっちりやって帰ってく、プロだ。

「待って、待って。おばちゃん、お金！」

「ああ！」

友喜が引き留めて、ようやくお金をまだ払っていなかったことに気づいた。

「じゃあ、ふたつで五百万円やな」

うわ。ガチでそれ言う人初めて見た！

「いや、もっと食べるで。一千万払ろたろ」

「友喜が生意気やなあ」

おばちゃんが笑いながら友喜が差し出した千円を両手で拝むように受け取った。

「ありがとさん。じゃあ、お友達もゆっくりしてってな」

最後にオレに声をかけておばちゃんが家に入っていく。それを見送って、コンテナに戻った友喜がトレーをふたつ持ってやってきた。湯気の立つホカホカのたこ焼きにソースと鰹節《かつおぶし》のいい匂いがしている。

目の前に置かれたトレーには小ぶりのたこ焼きが十個も入っている。いや、待って。トレーの大きさからして本来は八個入りなんじゃないだろうか。二個は上に乗ってるし。

「これ……」

「手伝ったら二個おまけになるシステムや」

なんて素敵なシステム。オレ、手伝ってないけど。

「あの人たちも食べるやろ」

トレーを置いた友喜は再びコンテナに行って、さらにふたつのたこ焼きを高崎さんたちのところへ持っていった。断っているのが見えたけれどお金は払ってあるのだと無理矢理持たせる。さすが大阪育ちは押しが強い。

「あれ？　マヨって言ってなかった？」

目の前のたこ焼きはまったく一緒の見た目だ。マヨっていうからにはマヨネーズが多くかかっているのかと思ってたんだけど。特に変わった様子はない。

「なんや。マヨタコ知らんのか？」

「マヨタコ？」

何か違うんだろうか、とたこ焼きを眺める。

「生地の中にマヨネーズ入れてある。ふわっふわや」

生地の中にマヨ？

そんなおいしい予感しかしないものが存在するのか。

ドキドキしながら口の中に入れて……。

「……！」

熱い。

熱いけど、美味い。

「んーっ、んんーっ！」

美味い、と伝えたいけど口の中のたこ焼きがなくならないことにはしゃべられなくて足をバタバタさせた。

オレの知っているたこ焼きじゃなかった。

カリっとした外側をかじると、とろりした中身が口の中で広がる。中に入れてあるマヨネーズの風味も残っているけど、それより生地と一体になった味がとにかく美味い。タコだけのシンプルな具が、生地のおいしさをぐっと引き立てている気がする。

「美味いやろ」

どや顔の友喜に何度も頷く。

「繁華街にある有名なたこ焼き屋もええけどな、結局食べたなるんはここのたこ焼きや。たこ焼きはこれやって刷り込まれてるしな。小さいころは友達と百円ずつ出し合ってよう食べた。あ、ここな小学生は二百円や。中学生から二百五十円」

二百五十円でもじゅうぶん安いと思うのに、小学生料金があるんだと感心してしまう。

「やっていけてるの？」

「さあなあ。もうおばちゃんの趣味みたいなもんやないか？」

熱い、美味いと言いながらなんとかたこ焼きを片づけていく。

近くにこんな店があれば、こうしてたこ焼きを食べるのは……きっと病みつきになるだろう。

「友喜さ、将来のこととか考えてる？」

「あん？　俺はいい男になって亮のそばに行くだけや」

あ。そうだった。友喜はそのあたり、まっすぐだ。出会ったころから亮が好きだということを隠しもしない。その眩しい感情に好感を持った。

「進路は？」

「ああ。法律関係。朝霞組の顧問弁護士や」

明確な答えが返ってきて驚く。そんなにちゃんと考えているとは思わなかった。

「弁護士、かっこええやん。亮もきっと惚れなおすし」

そもそも亮が友喜に惚れているかはわからないが。

「なんや。人にそんなこと聞いてくるちゅうんは、悩んでんのか？」

友喜はやっぱり遠慮がない。

まあ、悩んでることに違いはないけれど。

「柏木浩二の嫁さん以外に、なんかなりたいものあんのか？」

「よっ……嫁……っ……！」

「ああ、籍入れられんから愛人か。まあ、どっちでも似たようなもんや」

愛人と嫁には越えられない壁があるような気がするが、そこに柏木が絡んでいるのには間違いない。

「悩んでるときにはなあ、いろいろ書き出してみるのがええで。そんでひとつずつ消してく」

友喜が持っていた荷物からメモ用紙とペンを取り出した。何をするのだろうと思って見ていると、そこに『嫁』『愛人』と書いている。

「ほら、他に可能性がありそうなもん、言うてみ?」

「ええっと、『就職』」

「は？　……まあ、ええわ。とりあえずな」

『嫁』『愛人』に『就職?』が加わる。ちょっと待って。なんで『?』がついてるんだ。

「あとは?」

「あと……専門学校」

「具体的に」

「美容系」

「『美容系専門学校』な。なんや、美容師なりたいんか?」

なりたい……というほど強く思っているわけじゃない。興味があるだけだと言うと友喜が笑う。

「じゃあ、やってみればいいやん。ダメやったら別の道に行けばいい」

「そう簡単に言うなよ。金だってかかるし」

「金？　美容師やったら、専門学校行かんでもなれるやろ」

「え？」

オレが驚いて声を上げると、友喜が呆れた顔をしてる。

「なんや、そんなことも調べてないんか。働きながら通信で資格取る奴もおるし、美容系なら夜間のクラスもあるやろ」

知らなかった……。

働きながら美容師、目指せるんだ。

友喜のメモに『美容師、通信制』が加わる。

「なんでそんなに詳しいんだよ」

「亮のそばに行くために、一体どれだけの職業をシミュレーションしたと思てる？　むっちゃ考えて辿り着いたんが弁護士や」

まだ中学生なのに、真剣に考えている友喜を前にして、大学まで行っておきながらフラフラしてる自分が恥ずかしい。でも、言わせてもらうと柏木とつき合うなんてイレギュラーなことが起こらなければ、オレは普通の会社員になったはずなんだ。

「あとは？」

嫁、愛人
就職？
美容師
通信

「……んー？」

「なんや。これだけか。それならすぐに絞れるやろ」

そう言った友喜がまず、『就職？』を二重線で消してしまう。

「なんで？」

「あほか。こんなん、進路でもなんでもない。ただの通過点や。別に大学出てすぐに就職せな、死ぬわけやない。エンジニアや政治家、弁護士や教師みたいな具体的なもんが出てこん限りは急ぐ必要ないやろ」

それでいくと、嫁や愛人はエンジニアや政治家と同じなのかと聞きたいところだ。

「でも、就職浪人とかは……」

「なんか、それで困ることあるんか？」

困ること？

「金」

「柏木さんがおるやん」

「世間体」

「柏木さんがおって、今更」

「将来」

「そんなん、柏木さんが面倒見るやろ」

全部柏木で片づいた……。

いや、待って。こんなに柏木に頼り切りで片づいたも何もないだろう。いくらあいつが金と権力持ってるからって、こんなにべったりおんぶに抱っこで将来を決めていいわけはない。

もやもやしたまま、たこ焼きを口にほうり込む。まだ熱くて死にかけたけど、頭をすっきりさせるにはよかったかもしれない。

「あとは……」

友喜が次に『嫁』という項目に二重線を入れる。

「まあ、これぱっかりは今の法律の問題やな。仕方ない」

消された文字。

わかってはいる。

それは確かに存在しない未来だ。それでもなんだか少し胸が苦しくて、消された文字をじっと見つめてしまう。

「あの、なんや、ほらっ。愛人って言っても、愛する人やからな。世間一般で言う日陰者とはちゃうで！」

友喜がフォローを入れてくれるのが妙にずっしり心に響く。

ああ、そうかと思う。

柏木と籍を入れたりできないオレは、何か自分を表すものが欲しい。それが、就職だったり美容師だったりするんだ。

オレは『愛人』っていう項目に満足はできない。

友喜が持っていたペンを奪って、『愛人』の項目を消す。

残ったのは『美容系専門学校』と『美容師、通信制』だ。

「うーん……ちょっとこれはまだ、選べないかな」

ふたつの項目が残ったメモを手にして、じっと見つめる。じっくり専門学校で学びたい気持ちと、柏木や親に頼りたくない気持ちがある。でも進む先が見えてきたら焦っていた気持ちは少し落ち着いてきた。

「知り合いに美容師さんいるから、いろいろ聞いてみる」

「おう、それや。経験者の話は大事やで」

善は急げと、美容師の楢さんにメールを送った。仕事があるからすぐには返ってこないだろうけど、前にも相談に乗ると言ってくれていたし。

話を聞いてやっぱりやめたと、このふたつにも二重線が入るかもしれない。そう考えている間に他に項目ができるかもしれない。

けれど自分を表す言葉が『愛人』だけだなんて未来は嫌だと思う。

「ちょっと前が見えた気がする。ありがとう」

そう言うと友喜は照れたように顔を背ける。その顔が少し赤くなっていて可愛い。

「友喜、ちょっとこっちおいで」

食べ終えたころに家の中から声がした。

「あんたの好きな漬物あんねん。ちょっと取りにおいで」

「行く行く！」

友喜が笑顔で駆けていくので、オレも今度こそは何か手伝おうと一緒に立ち上がった。

高崎さんにちらりと視線を送ると……まだたこ焼きに苦戦してる。高崎さんは猫舌らしい。

玄関から入ると、靴を脱いだ友喜は勝手知ったる様子で奥へと進んでいく。オレも急いで脱いで、その後に続いた。

「靴！」

友喜が小さい声で言うので、友喜と自分の靴を取ってついていく。

「おばちゃん、悪いな」

「あんまり無茶せんで？」

「ああ、大丈夫」

心配顔のおばちゃんがヘルメットを友喜に渡してくれた。それを素早く被《かぶ》った友喜はオレの手から靴を受け取る。

朝、別れ際の響子さんが気になった。

あんなに強気だったのに、柏木のお父さんを前にしたら不安だらけの顔になった。

高崎さんは柏木に任せるべきだと言ったけれど、柏木のお父さんとの問題は自分で片づけたいと思った。東京に戻れば柏木のお父さんに会う機会なんてもうないだろう。大阪にいるとわかっている今しか、会いには行けない。

でもきっと会いに行きたいと言っても反対されるだろうと思ったオレは友喜に協力を求めた。土地勘のある友喜なら、なんとかしてくれるかもしれない。

「お友達も、気をつけてな」

おばちゃんから、もうひとつのヘルメットを受け取って、オレも友喜を真似《まね》して頭に被る。ヘルメットなんて普段着けないから手間取っているとおばちゃんが手伝ってくれた。おばちゃん、器用だ。

向かうのは、家の裏口。

靴を履いて、小さなドアを開けるとそこにはバイクが一台、停《と》まっていた。

ちらりと柏木の時計に目を落とす。

「なんや?」

「GPSつき」

「……まあ、それ外したところで他にあるんやろ。居場所がわかっても、あのでかい車でバイクは追えんし」

友喜と一緒にバイクに向かおうとして……、その前に立ちはだかる人がいた。

「……あれ?」

「比呂さん、どこに行かれるんですか?」

呆れたような顔でそこにいるのは高崎さん。

玄関側にいたはずだけれど、いつの間にこちらに回ったんだろう。

「お願いですから、こういうことは謹んでください」

「高崎さん、たこ焼き食べてたんじゃ……」

あれだけ熱さに苦戦していたのに、先回りする余裕があるなんて。

「事前にこのあたりは調査しています。友喜さんがバイクを置かせたことも把握しています。まさかとは思いましたが。どこに行かれるつもりですか?」

「……柏木のお父さんに会いに」

「比呂さん。社長にお任せするべきだと、あれほど」

「わかってるけど……。待ってるだけじゃ、オレだって迷う」

柏木がいいようにしてくれる。その道をただ歩いていくだけではきっとこの先、どこかで迷う。そうじゃなくて、自分で決めたい。自分で選んでいきたい。

ぐっと拳を握り込んで高崎さんを見つめていると、ふっと高崎さんが息を吐いた。

「送ります」

「え？」

てっきり反対されると思っていたので、その言葉に驚いた。

「勝手に行かれるよりは、送ります。比呂さん、次からは自分で動かれる前に相談してください。比呂さんに悪いようにはしません」

「でも……」

「私は社長に雇われた身ではありますが、比呂さんからの信頼も得たいと努めてきました。私は信用に値しませんか？」

高崎さんを信用……。

できるかできないかと言われれば、前者だ。この数ヶ月、高崎さんと一緒にいる時間が一番長かった。高崎さんは柏木が作った制約がある中でも、できるだけオレの望みを叶えてくれる。

「信用、できる」

もしこの後、高崎さんが嘘をついてオレをホテルに戻したとしても許せるだろう。信用するってそういうことだ。ホテルに戻されたとしたら、また作戦を練らなきゃいけないけど、高崎さんが味方だと言葉にしてくれた今ならなんとかなりそうな気がする。

「ありがとうございます」

顔をくしゃくしゃにして笑う高崎さんは、憎めなさと人の懐に入っていくことに関して天才的かもしれない。

「無免許の友喜さんのバイクに乗せたのでは、社長に言い訳できないところでした」

そこでオレはすごい勢いで友喜を振り返った。

そうだ！　バイクの免許なんて持ってるわけない。友喜は中学生だった！

「運転は上手いで？」

「二度とするな！」

真っ青な顔で叫ぶ。上手いとか下手だとかいうのとは話が別だ。危なかった。高崎さんが止めてくれなければ、友喜に無免許運転させるところだった。というか、なんで運転上手いんだよ。どこで練習するんだよ。

「では行きましょう」

そう言われて、三人でおばちゃんの家の裏口に向かう。また通らせてもらわなければ車までは遠回りだ。

＊

「親父が？」

比呂に親父が会いに行ったのだと聞いて少しだけ眉を寄せた。

ラウンドを終えてクラブハウスに戻ってきたところで玉城からもたらされた報告は、意外なものだった。

息子の相手が気になるというような子煩悩な人間ではない。響子にいらないことを吹き込んで焚《た》きつけているのもおかしいと感じたが、比呂にまで興味を持つとは思わなかった。

「はい、響子さんを迎えにホテルまで行かれたようです」

「響子か」

それならば頷ける。親父は昔から響子に甘い。俺と響子の結婚を画策するくらいだ。大方、愛人に怪我《けが》でもさせられたらたまらないとでも思ったのだろう。

「比呂は？」

「朝霞の友喜さんと出かけられました」

「出かけた？」

響子と親父に会っておいて、平然と出かけるあたり、警戒心がないというか……。

「おそらくですが、高崎を撒いてこちらへ来られるつもりではないかと」

撒く、という単語に思わず笑いが漏れる。前は物理的に『巻いて』いたが、今度はどういう手を使うつもりか。

「無理に止めないよう伝えています。その、大事になるよりはこちらへ来たときに保護する方が確実かと」

「まあ、親父はコースに出たばかりだし、ばったり会うこともないだろう。それなら確かに来たところを捕まえた方が早い」

親父にさえ会わなければ騒動も起きないだろう……そう考えて、ふともうひとつ騒動の種があったことを思い出す。

「響子は？」

「会長がこちらへお連れになっております。若を探されているようですが……、お話をされますか？」

話したところで、結論は出ないだろう。響子の望みは合理的なように見えて、誰の幸せにも繋がらない。

幸せ、と自分で思い浮かべた言葉に思わず苦笑いする。

俺がそんな甘いことを考えるようになるとは。

比呂と出会う前なら、きっと受け入れていた。自分自身の結婚に興味すらなかった俺は、誰が妻を名乗ろうと気にも留めなかったに違いない。

今は、比呂と同じように嫌だとはっきり言うだろう。

メリットやデメリットなど関係なく、ただ感情で嫌なのだと。

「ほうっておけ。そのうち、響子も諦めるだろう」

「……諦めますかね？」

「そもそもの根本が馬鹿馬鹿しい」

どうして俺が他人のために比呂を傷つけるかもしれない結婚をすると思うのか。比呂の安全のためだと言うが、そんなもの俺ひとりで守り切ってみせる。それに俺は支えなど必要ない。妻がいなければ仕事に支障をきたすような組織作りはしていないし、これからもそんな穴を作る気はない。

つまり、俺が響子と結婚するメリットはないのだ。それで万が一、比呂が泣くことになればデメリットの方がはるかに大きい。

「比呂がホテルへ戻ったという連絡が来るまではこちらで待機しておくか」

「それがよろしいかと。おそらく……」

玉城がそこまで告げたところで携帯が鳴る。

俺の前で玉城がその電話に出たところを見ると、報告は比呂のそばにいる者からだろう。

「あと四十分ほどで比呂さんがこちらにいらっしゃるようです」

玉城の言葉に自然に笑みがこぼれた。

＊

「比呂？」

驚いたような声は亮だった。亮もここに来ていたらしい。やけに黒い服のいかつい男たちがいるゴルフ場だった。車も入口でチェックを受けたけれど、高崎さんは顔パスだった。バイクで来ていたら、正面からは入れなかっただろう。本当にバイクで来なくてよかった。

車を停めて、クラブハウスへ向かうと遠慮のない視線が突き刺さる。

そりゃあ、あきらかに一般人のオレと中学生（見えないけど）の友喜がいたら浮くのもよくわかる。いつも後ろにいる高崎さんが前を歩いているのはオレたちが関係者だと思わせるためだ。

「何してる?」

亮が早足で近づいてくる。

その顔は厳しいものだ。

「えっと……」

オレが答える前に、亮の手が伸びる。思わずよけようとしたけれど、それは友喜に対してだった。

「どうしてお前がここにいる」

ぎり、と音が出そうなほど強く摑まれた腕。

「だって、亮がおるから……」

「ここがどういう場所かわかってるのか」

声は小さい。だが、含まれている怒りは大きなものだ。

「とにかく来い」

有無を言わさない強い口調で亮が友喜を連れていくので、オレも後を追った。オレが友喜を連れてきてしまったのに、それで怒られるのは可哀想だ。

そう思ったのに、遠くから聞こえた女性の声に足を止める。

「だから、ちゃんと話し合いましょう」

叫ぶような声だった。振り返った先に、いたのは柏木と……響子さん。

「無駄だ」

切り捨てるような冷たい声は、よく知っているのに知らない声だ。

「柏木？」

そう呟くと、柏木がオレに気づいてこちらに近づいてくる。一緒に響子さんも来ちゃうけど。

「比……」

「比呂ちゃん！」

柏木の声を遮って、響子さんがオレの腕に手を絡めてきた。柏木が不機嫌そうに眉を寄せる。これはオレのせいじゃない。響子さんの柔らかいものが腕に当たってるのは、決してオレのせいじゃない。顔だって緩んでないはずだ。

「ね、比呂ちゃん。一緒にお茶でもしましょう？　いろいろと今後のことについてお話したいの」

にっこり笑う響子さんは……朝のことなんてなかったみたいに表情が明るい。それが作られたものなのかどうか判断がつかなくて困る。

「えっと、柏木のお父さんは……」

「豪さんは今、ラウンド中よ。しばらく戻らないわ」

ああ、そうか。コースを回っているなら会うのは難しい。けれど、ここで待っていればと思うけど……。

「比呂、帰るぞ」

目の前にいる柏木はオレをお父さんに会わせてくれる気なんてなさそうだ。柏木から見つからないように隠れているべきだっただろうか。でも、高崎さんに連れてきてもらったから柏木に内緒って無理だろう。あれ？　オレ、なんのためにここに来たんだ？

「か……帰らねえしっ。オレ、柏木のお父さんに会いたくて来たんだよ」

響子さんの腕を無理矢理引き離して間に入ってくる柏木の目が笑っていない。

「会う必要はない。玉城、車を回せ」

すぐ後ろにいた玉城さんが、柏木の言葉に携帯を取り出して指示を出している。

「どうせ今すぐ決着のつく問題でもない。時間はあるから懐石でも食べに行くか？」

「いつでも食い物出せば誤魔化せると思うなよ」

大阪に来てから食い物に釣られすぎな自覚がある。もう騙されない。アフタヌーンティーもホテルの食事も楽しんだ。庶民の味のたこ焼きだって堪能した。もうお腹いっぱいだ。死角はないはず。

「京懐石の店がある」

き……京懐石？

一瞬、心が動くが慌てて首を横に振る。

「大阪はな、瀬戸内と日本海と両方から美味いものが集まるんだぞ？」

瀬戸内……日本海……。いや、ダメだ。オレは柏木のお父さんと、響子さんとちゃんと話をして結婚話を撤回してもらって……。

「それともジビエにするか？　丹波《たんば》の奥で獲れる猪《いのしし》は木の実を食べて育っているから肉の臭みがない。雑食なものとは味の深みが違う」

猪……？　食べたことない。ジビエってどんな感じなんだろう。猪って豚に近いから、そんなに抵抗なく食べられそうだけど。

思わずごくりと唾を飲んで……これではダメだと頬をつねる。

「ジビエくらい、東京でも食べられる！」

「ああ、そうだな。親父に会うのも東京でできることだ。今じゃなくてもいいだろう」

そうかもしれない。でも、何かできることがあるんじゃないだろうか。そう思ったとき、真横を何かが通り過ぎた。

「友喜?」

走り抜けたのは、確かに友喜。すぐ後を亮が追っかけている。友喜、亮にむっちゃ怒られて逃亡したのか。

帰るにしても車はないし、逃げようがないと思うんだけどどこに行く気だろうと思っていたら壁を上手く使って亮を避けた友喜がこちらへ戻ってきた。

「秋津比呂!」

叫んだ友喜がオレを盾にする。目の前にはいつになく厳しい顔をした亮。むっちゃ怒ってる。こんなに怒ってる亮はオレも相手にしたくない。

「比呂、友喜をこっちへ」

いや、オレも渡したいけれどがっしり肩を摑まれてて動けない。

「友喜。比呂に迷惑をかけるな」

「かけてへん!　秋津比呂がここに来たいっていうから手伝っただけやし!」

「友喜」

すっと亮が手を伸ばす。ふるふると首を横に振った友喜はオレから離れないように、腰に手を回し……たのがよくなかった。

「え？」

いきなり軽くなった、と思ったら柏木が友喜とオレを引き離していた。べりっと音が鳴りそうなくらいの勢いだ。

首元を摑まれた友喜は柏木に間近で睨まれて真っ青だ。

「馴れ馴れしくするな」

地を這うような低い声。柏木はわりと大人げない。

ぽいっと亮の方に投げ出された友喜は、その勢いのまま亮にゲンコツを食らっていた。精神的ダメージと物理的なダメージとどちらが大きかったのかはわからないが、くたりと床に座り込んでしまう。

「すみません、柏木さん」

「目ざわりだ。連れていけ」

すぐに亮が友喜を引きずっていく。もうちょっと優しくしてやればいいのにその手つきは乱暴だ。

「柏木……」

「軽々しく触らせるな」

そんなことを言っても、相手は中学生の友喜だし。亮に怒られてるのもオレのせいだし。友喜が触ったことがよほど気に入らないのか、柏木が腰に手を回してくる。外したいけれど、これを外すと機嫌が悪くなりそうだ。

「本当に大切にしてるのね……」

腕を離されてから黙って見守っていた響子さんが、溜息とともに呟いた言葉がやけに響いて視線を向ける。

オレが二重線で消した『嫁』の未来を諦めなくていい人。

幸せになってほしいって思うのはおかしいだろうか。

「響子さんの好きな人って誰ですか？」

だから、直球で聞いた。

柏木じゃない。それは確かだと思う。

柏木との結婚で繋がれる人が、その相手。候補は限られてくる。

「まさか……」

それは柏木の家族であるはずなんだ。

だとすれば、オレの知ってる柏木の家族はふたり。柏木のお父さんと、もうひとり。

「ケイさ……」

「違うわよ！」

言い切る前に否定された。

よかった。ケイさんは柏木のお兄さんではあるけれど、今は立派なお姉さんなんだ。整形はしてないけど、下は取っちゃったって言ってた。もし響子さんの好きな人がケイさんならいろいろ大変だった。

「じゃあ……」

残るはひとり。

ホテルのビュッフェで見た表情は、やっぱりそういうことだったんだ。

「若、車の準備が整いました」

言葉を続けようとしたオレを玉城さんの声が遮る。柏木が腰に手を回したまま歩き出そうとするから、ぐっと踏みとどまった。

「比呂」

「だって！」

なおも足を止めようとしたオレを柏木が抱え上げる。家でよくやられるので、慣れていたけど……しまった。ここは家の中じゃない。気づいたときには近くにいた人たちの視線が突き刺さるどころじゃないくらいに痛かった。ただでさえ、響子さんと騒いでいた中でこれだ。恥ずかしすぎる。

「降ろせよ！」

言ってはみたものの、柏木がこうやってオレを抱えるのは逃がしたくないときだ。この状態から逃げられたこともない。

「……くそっ」

今更だけど周囲から見えないように柏木の肩に顔をうずめると、近くなった距離に満足した柏木が足を速めた。すぐ前につけられた車では、高崎さんがドアを開いて待っている。玉城さんは……響子さんを足止めしてくれているようだ。大変そうだけど、オレ的には響子さんとちゃんと話したいので余計なお世話だ。

柏木がオレを抱えたまま車に乗り込む。慌ただしく発車したのは逃げ出す隙を与えないためだろう。結局、何もできなかった。これじゃあ、何をしに行ったのかわからない。

「ホテルで、響子と親父に会ったんだろう。嫌な思いはしなかったか？」

オレは首を横に振る。嫌な思いはしていない。嫌な思いはしていない。自分が情けなかっただけだ。

「どうして、あそこにいさせてくれなかったんだ」

何もない。

響子さんを説得することも、柏木のお父さんに会うこともできなかった。せっかくここまで来たのにオレは柏木の腕に囲い込まれただけだ。

「柏木豪は、そう簡単な人間じゃない。響子も、ああ見えてヤクザの娘だ。無駄に矢面に立つ必要はない」

「そうやって、柏木はオレから全部取り上げる！」

じっとしていろ、守ってやる。

ああ、そうだろう。オレが部屋に籠ってさえいれば柏木は安心できるんだろう。世界をずっと狭いものにして、そこには柏木だけしか入れずにいれば、オレはただ愛される優しい世界で生きていける。

だけど、そんなの全然楽しくない。

「なんでひとりで解決しようとするんだよ。柏木だけの問題じゃないだろ⁉」

柏木は言わないだろう。

比呂の安全のために響子と籍を入れる……そんなことは言わない。頭ではわかっている。柏木の執着心は本当に面倒で、その中心にはオレがいて……だから、柏木はそんな決断は下さないとわかっている。

けれど、わかっていても不安だったんだ。信じていたって、もしかしてと思うことがある。だから、自分でどうにかしたかった。

「オレは、オレは響子さんに……」

響子さんや柏木のお父さんにオレが伝えたかったのは……。

「比呂」

「うるせえ。黙れ」

柏木からできるだけ離れて座る。車の中だから、ほんの少しの距離しか離れられないのが悔しい。

ああ、でも柏木のお父さんに伝えたかった言葉が、わかってしまった。

オレは堂々と言いたかったんだ。

柏木が愛してくれるからとかじゃなくて、自分の言葉で『この男はオレのだ』と宣言したかった。

なんだ、オレ。柏木の執着心を笑えないじゃないか。

「うー……」

耳が熱い。

顔も赤くなってるんだろう。

気持ちを切り替えるために、両頬をぱんっと手で挟むようにして叩く。クリアになった頭に思い浮かぶのは、響子さんの不安そうな顔。

オレひとり、恥ずかしい宣言をしたからって解決はしない。

どうせならみんなが幸せになれる方法を探したいじゃないか。


ホテルに着いて、柏木がシャワーを浴びている間に玉城さんがやってきた。若干、疲れが見える気がするのは響子さんのせいだろうか。

「玉城さん、響子さんは……」

「大丈夫です。撒いてきました」

撒いてきたんだ。説得とかは玉城さんでも無理だったようだ。

「玉城さんは……」

どう思う、と聞く前に首を横に振られた。

「今回のお話は会長の独断です。若は決して頷きませんし、響子さんも……ああはおっしゃってますが、本意ではないでしょう」

「でも常盤の姐にって……」

よほどの覚悟を決めなければ言えない言葉だと思う。心を通わせない相手と結婚して、面倒事を引き受けてでも欲しい地位。

「響子さんには昔から心に決めた人がいます。あの方の基準はすべてその恋心です」

ああ、やっぱりそうなんだ。

あの不安そうな顔も、強引に進めようとする結婚も……そのためだけに。

「若ときちんとお話されましたか？」

玉城さんに言われて首を横に振った。

車の中では、あれ以上話さなかった。だって、あんな宣言をしたかっただなんて本人を目の前にして言えない。ああいうのには勢いが必要だ。

ちょうど遠くでドライヤーの音が聞こえ始めた。柏木がシャワーから出てきたらしいと寝室の方へ向かう。

ベッドの上に用意されている柏木の服はグレーのシャツとスーツの上下。

『オレはお前以外、必要がない』

迷いのない言葉を言えるからこそ、柏木にとって響子さんの問題は大きなことではない。

柏木はなんにも悪くないのに、なんだか腹が立ってきて、用意されているシャツの袖をきゅっと結ぶ。着ようとして手が出なくて困ればいい。

「比呂」

そんなことをしていると後ろから声をかけられてびくりとした。

ゆっくり振り返るとバスローブ姿の柏木がいる。オレのいたずらには気づいていないようなので、結んだ袖が見えないように服の下へ折りたたんだ。

「まだ怒っているのか？」

むしろシャワーの間にオレの機嫌がよくなる理由があるなら聞きたい。

「比呂、どうしてそんなに響子を気にする？」

「だって……響子さん、悪い人じゃなさそうだし。他に好きな人がいるなら、常盤の姐になりたいからって柏木と結婚するのは可哀想だし」

「響子のような女が好みか？」

「は？」

好み？　誰の……？

「お前は男が好きというわけではなかっただろう。異性として見るなら、響子は可愛い部類じゃないか?」

響子さんが、可愛い……。うん、確かに可愛いけど、え?

「もしかして柏木、やきもち焼いてる?」

柏木がじっとオレを見つめている。否定はしない。ということは、本気でそう思ってるのか。

「この場合、やきもち焼くのはオレじゃないか? だって響子さんは柏木の幼馴染で、柏木と結婚しようって言ってるんだから」

「お前が他人を気にかけることが気に食わない」

うわ。

そうだよ。柏木は面倒な人間だった。

「結婚って、家族になることだろう。響子さんは選べるんだから、ちゃんと好きな相手とそうなるべきだ。だから力になりたい。気になってるとか好みだからとは違う」

好きな人がいるって言った響子さんは、震えてた。好きな相手のことを話すときってやっぱり幸せそうな顔でいてほしいと思う。

「比呂。俺はお前に関して随分、狭量だ」

知ってる。

「もしお前が女だったら、孕《はら》ませてでも籍を入れて俺のものにしている」

相変わらず、愛が重い。

「本来ならお前がいるべき場所だ。他の誰も名前を書くことは許さない。だから、たとえ偽物であっても俺が結婚をすることはない」

柏木は……。

いつもはっきりオレの欲しい言葉をくれる。

オレが自分の気持ちを自覚するより、ずっと早く。

「ムカつく」

「比呂？」

「お前ばっかり格好つけて！」

ぎゅうと抱き着くと、背中に柏木の手が回る。

「わかってるよ、そんなこと。柏木がオレをおいて結婚なんてしないってわかってる」

「うん？」

「けどっ、オレは……」

柏木がオレの言葉を待ってくれている。

ゆっくり息を吐く。

「オレが柏木のお父さんにちゃんと宣言したかったんだ。『この男はオレのだ』って。誰にも渡さないって」

背伸びをして、柏木にキスをする。勢いがつきすぎたのか、ぶつかるようなキスは……ちょっと痛かった。

「比呂……」

柏木が目を見開いてオレを見ていた。

オレがここまではっきり言うとは思っていなかったみたいだ。

「お前がその機会を取り上げるか……」

最後までは言えなかった。

噛みつくようにキスが落ちてきて、バランスを崩す。いや、崩された。

「んっ……」

ベッドの上に押し倒されて、キスが深くなる。入り込んできた舌がオレのを搦《から》め捕《と》って

……さらに奥へと入り込もうとして唇を重ねる角度が変わる。

用意されていたスーツが、ふたりの体の下でぐちゃぐちゃになる。柏木の手が……オレ

の手を摑む。手のひらが重なって、ぎゅっと握り込まれて……。

頭がクラクラするようなキスよりも、その手に心臓の鼓動が大きくなった。

柏木は、簡単に煽られすぎだと思う。

そしてオレは流されすぎだ。

「ちょ……待っ……」

無理だって言うんだろうな、と思いながらキスの合間に呟くと、驚いたことに柏木が動きを止めた。

「え？」

自分で言っておいて、戸惑う。だってこんなときに柏木が止まったことなんてない。

「……もう一度、聞きたい」

何を？

「『この男はオレのだ』と」

あああぁ。もう！

改めて言えるはずがない。バタバタ暴れるけど、柏木は離してくれなくて。

期待の眼差《まなざ》しで見つめられて。

「……っ！」

背けた顔も、顎《あご》を摑まれてまっすぐに向けられる。

「比呂」

オレの名前を呼ぶ声は、今まで聞いた中で一番、甘い。

「かっ……」

声が詰まる。

オレは甘い声なんて出せなくて、ただ叫ぶ。

「柏木浩二は、オレのだ！」

柏木がぎゅっとオレを抱きしめて……、仕方がないから抱きしめ返して。

「比呂」

オレは柏木の甘い声に飲み込まれた。


えーっと。

オレは今、猛反省している。うん。

ゴルフ場から帰ってきたのは三時くらいだった。

真昼間だ。

そんな時間から、あんなこと……！

「死ねる」

「ああ、お前とならそれもいい」

ついでに柏木の頭の中がお花畑だ。オレのせいだ。

ベタベタくっついてくる柏木を引き離してシャワーを浴びて出てきたときにはもう夕方の六時を回っていた。柏木も当然シャワーを浴びなおして……。用意していたスーツは着られなくなったから別のスーツを着て。オレが仕掛けたいたずらは、無意味にクリーニングの人を困らせただけだ。けっこうきつく結んだから、解くのは苦労するかもしれない。

「とにかくっ、響子さんをどうにかしないと！」

そう、オレが言うのに……。

「別にほうっておけばいいんじゃないか？」

お花畑になってしまった柏木が適当に答えている。どうしよう。

そして気を抜くとまた押し倒されそうになるので、リビングに逃げた。ついでに玉城さんと高崎さんに部屋から出ないでくれとお願いする。

「比呂さん……」

たまにオレの見えないところで睨まれているらしい高崎さんが情けない声を上げているが、それくらいはがまんしてほしい。オレだって体力の限界というものがある。

「柏木」

「ん？」

まだ、柏木の声が甘くて胸やけしそうだ。いや、待て。よく考えろ。この状況を利用しなくてどうするんだ。

決意を胸に秘めて、オレは柏木に近づいた。押し倒されるわけにはいかないので、そっとだ。

「柏木、オレのお願い聞いてくれる？」

少し首を傾げてみる。

「なんでも言え」

すぐに答えが返ってきた。チョロい。チョロすぎる。

「響子さんの恋を、叶えてあげたい」

「……」

あ。ちょっとだけ、眉が寄った。

「なんでも言えって言ったじゃん」

柏木の服をちょっとつまんで引っ張ってみた。そうすると、眉間の皺が消える。今の柏木にはこれくらいでも効果があるらしい。

「告白だけでもさせてあげたい。だって、諦め切れないままじゃ……」

響子さんの好きな人は柏木のお父さん。

年齢差もかなりある。きっと上手くはいかない恋なんだろう。だから、響子さんはせめてお父さんの力になりたいと、柏木と結婚して常盤の姐になることを選んだんだろうから。

「いや」

けれど、柏木がゆっくりそれを否定する。

「親父もそろそろ覚悟を決めるべきだ。こちらもいつまでも煩わされるわけにはいかない」

ん？

そろそろ覚悟を決めるべきって……それじゃあ、まるで……。

「待って、柏木のお父さんって」

「なんだ。気づいてなかったのか？　そうでなければ、響子が比呂のところに行ったときに心配して迎えに行ったりしないだろう」

心配？

ビュッフェレストランに、柏木のお父さんが響子さんを迎えに来たのは、心配してのことだったのか。

「じゃあ、どうして柏木と結婚なんて……」

「あの親父の面倒なところだ。あれで年の差なんてものを気にしてるんだろう。だからほうっておいてもどうにかはなるんだが……、比呂の頼みだからな」

柏木がにやりと笑う。

そうか。そういうことだったんだ。

やけに自信満々に響子さんを推していたのは、響子さんが柏木の嫁にふさわしいと思ってるからじゃなくて、単純に響子さんに好意を持ってるから？

『どう考えても、選ぶべきは響子だろう』

そう言っていたのも自分がそう思っているから？

しめた。

「玉城、響子に連絡しろ。親父のところへ乗り込むぞ」

柏木が大声で宣言して、オレは早く響子さんを幸せにしてあげたいとぎゅっと拳を握りしめた。

響子さんと待ち合わせたのは、柏木のお父さんが泊まっているというホテルのロビーだ。ちらほらとダークカラーのスーツの人間がいるのは、常盤会会長が宿泊しているホテルだからだろう。

他のお客さんや従業員が随分遠巻きに見ているのは気のせいじゃない。柏木の周辺の人たちはまだ柏木の会社に関わっているからそうは見えない人も多いけど……ここにいるお父さんの護衛の人たちはガチだ。

オレたちが来ていることはきっと柏木のお父さんには報告がいってるんだろうなと思う。だから余計に怖い人が多い。

響子さんは先に来ていてロビーの椅子に腰をかけていた。ホテルに入るとすぐに気づいて、こちらに歩いてきてくれたけど……その表情には余裕がないようにも見える。

「やっと受け入れてくれる気になったの？」

顔は笑っているけれど、声が掠《かす》れている。

柏木は隣に立って、オレの腰に手を回していた。何かあったら抱えて逃げるつもりかもしれないと思う。過保護だからなあ。

「こんなところにまで呼び出して、違うなんて言わせないわよ」

ここまで響子さんを追い詰める柏木のお父さんにだんだん腹が立ってきた。柏木から、お父さんの気持ちを聞いた今はなおさらだ。

「違うけど、響子さんの幸せを考えたいって思って」

「私の?」

響子さんがいぶかしげに眉をひそめる。それから口を開きかけて、止まった。何かあったのだろうかと周囲を見渡すと、その視線は一箇所に注がれていた。

ひとりの男が歩いてくる方向に。

「柏木の、お父さん?」

思わず足を踏み出そうとして、腰に回った柏木の手の力が強くなる。離そうとつねってみたけれど、その手は動かないまま……お父さんの方がこちらへ近づいてきてしまった。

「騒がしいな」

お父さんを前に腰を抱かれているっていうのは非常に落ち着かない。

「それはここにふさわしくない」

まっすぐにオレを見る目はただ、冷たい。

「あら、会長。大丈夫ですよ。私、比呂ちゃんとも上手くやります」

響子さんが声を上げて……その瞬間だけ少し、柏木のお父さんの目が柔らかくなった。

なるほど。確かにそうとしか思えない。

「ふたりでここに来てくれたってことは、これからのことを話し合うためでしょう？」

にっこり笑った響子さんは柏木に捕まったままのオレの手に腕を絡める。柏木の気配が少し鋭くなった気はするが、響子さんには通じないみたいだ。

「ああ、そうすればいい」

偉そうに頷いている柏木のお父さんに蹴りを入れたい気分になる。

「それでいいんですか？」

「比呂」

柏木がオレの言葉を止めようと……してないな。名前は呼ばれたけど、少し口角が上がっている。

自由にやらせてくれるみたいだ。

ビュッフェレストランのときとは違う。俺の横には柏木がいて……それだけでもう言葉に詰まったりしない。

「柏木と響子さんが結婚して本当にそれでいいと思ってるんですか？」

「……いいに決まっている。響子は最高の女だ。常盤の姐にふさわしい」

「――っ！」

最高の女だ、なんて言っておきながら、他の男にゆだねようとするなんて気持ちが悪い。

「柏木家の男はどいつもこいつも……！」

なんでこんなに面倒な男ばかりなんだ。

「どうして自分で幸せにしてやろうって思わないんだよっ」

大声で叫ぶと、あたりがしんとなった。

あれ？

お父さんが真っ白になってる。柏木だけがむっちゃ笑いを堪えているのがわかる。声こそ出てないけど、肩が震えてるからな？　オレの腰から手を離してくれたのはありがたいが、それ笑いを堪えるためだろ？

「そっ……響子は孫のような年齢だぞ！　こんな老いぼれなどに嫁いで未来があるわけないだろう！」

近づいてきたお父さんを避けるように横に移動する。声が、でかい。図星さされて慌ててるのがまるわかりじゃん。常盤会、大丈夫か？

「柏木と結婚したって、気持ちはないし愛人いるしで幸せになれるわけない」

自分のことを愛人と言い切るのには抵抗があったが、ここは響子さんの立場になってとがまんする。

「常盤の姐という最高の立場を手に入れる」

「相手は柏木じゃなくてもいいじゃないか！」

体の関係もない、形だけの夫婦というのなら何が違うというのか。

「老いぼれと結婚して何が悪い？」

気持ちがあるだけ、どれほどマシか。

「せっかく自由に結婚できんのに、なんで不自由な方を選ばなきゃならないんだよ！」

オレは柏木との結婚を夢見てるわけじゃない。もしオレが女だったとしても、その未来を考えるのは随分先で、今すぐ結婚したいというわけじゃない。それでも、友喜と一緒に未来を書いたメモから『嫁』の文字を消すときに胸が痛んだ。

自分の未来にそれがないということが辛いと思った。

響子さんは違うんだ。

目の前に好きな人がいて、相手だって気持ちを向けてくれている。それなのに選ばない理由が思い浮かばない。この目の前の頑固な男が掲げる馬鹿な主張だけが響子さんの自由な結婚を阻《はば》んでるんだ。

「響子さんになんの不満があるんだ！」

「不満などあるわけない。響子は素晴らしい女だ。美人で、聡明で気立てがいい」

なんだよ、べた褒めじゃないか。

「だったら、自分で妻にすればいい。愛してるんじゃないのかよ？」

「なっ……！　愛……っ、愛など」

動揺しすぎだ。

こんなふうに突きつけられても認めなくて、口ごもるお父さんは最高に格好悪い。

「響子に、こんな老人と結婚したなどという汚点をつけるわけにはいかんだろう。頭の悪い小僧だな」

頭の悪いのそっちじゃねーか、と叫ぶのはやめた。響子さんがオレとお父さんの間に立ったからだ。

「豪さん、たとえ貴方自身でも、貴方のことを老人だだとか老いぼれだとかいうのはがまんできません」

おう、言ってやれ。と心でエールを送る。

「私は貴方の希望どおり、柏木家の嫁になります。だってその立場があれば常盤への出入りは自由でしょ？　貴方のそばにいたって誰も文句を言わないじゃない」

「響子、それは……」

「私は貴方の体が動かなくなってもそばにいるって決めてるの。その前に、しっかり毎日栄養あるものを食べさせて、健康管理して長生きさせるわ。隣でよ？　柏木家の嫁だもの」

お父さんが、口をぱくぱくしている。まさかそんなことを言われるとは思わなかったのだろう。響子さん、そこまで考えてたんだ。あれだけ必死に常盤の姐になるって言ってたのは全部そのためかと思うと、余計に柏木のお父さんにムカついてくる。

「違う、響子。違うんだ。お前は似合いの男と……」

「誰が似合うかなんて私が決めるわよ。貴方が平均寿命を迎えるまでだってあと二十年近くある。百歳まで生きれば私だって六十超えたおばあさんになれるわ。そうしたらもう年なんて気にする人、いないじゃない！」

「ダメだ、響子。私ではお前を幸せには……」

まだ言うか、このじじい。

「うるさいわね！」

むっとしたのはオレだけじゃなかった。響子さんはもう存分に切れてた。

「愛の言葉を待ってる間に貴方が死んじゃうなんて嫌なの。一分、一秒だって惜しいのよ。だから、もう待たないっ！」

叫んだ響子さんは柏木の腕を取る。

「浩二さんに籍を入れてもらえば解決するの。妻だって嫁だって貴方のそばにいられることに変わりないわ。立派な嫁になるわよ。嫁が舅《しゅうと》の世話してて文句なんて言わせない。

舅の食事作って、舅の肩揉んで、舅と一緒に縁側でお茶するのよ！　浩二さん、ちょっと今から区役所行ってくれる？」

「ちょっとま……ええ⁉」

驚いたのは、響子さんが銃を取り出していたからだ。

その銃を向ける相手は柏木で……。

「私と籍を入れましょう」

銃を構えたままにっこり笑う響子さんは、ものすごくいい顔をしている。

「仕方ないな」

「か、柏木……？」

壮絶なプロポーズに、両手を軽く上げて笑う柏木。

いや、笑ってる場合じゃねえけど！

その銃は多分、オレが返したレプリカの銃だ。それは実物を目にした柏木だってわかってるだろう。それなのに脅されてるふりしてるなんて……。

「歩いて」

響子さんの命令に従う柏木。玄関には車が待機している。何があるかわからないからと柏木が用意させておいたものだ。

脅されてるふりをしている柏木をどうしていいものかわからない。偽物だと知ってるのはあの銃を見たことのあるオレと柏木、玉城さんと高崎さん。

玉城さんは……ああ、ダメだ。玉城さんも柏木とアイコンタクトを取ってそっと下がった。他の人たちは常盤の跡取りと未来の姐を前にして手が出せないようだ。

その間にふたりが自動ドアの向こうに行ってしまう。

「行かせていいのかよっ」

仕方がないので、未だに呆然としている柏木のお父さんに声をかける。

「……だが」

ここまで来て煮え切らない態度を取る柏木のお父さんに最高にムカつく。

「だがも何もないだろう。柏木と結婚したって、あんたと結婚したってあんたのそばにいるって言ってるんだよ。それなら、愛される妻にしてやれよ！」

柏木の隣を譲りたくないと思った強い気持ちはその心地よさを知っているからだ。

ふらり、とお父さんの足が前に出る。

「遅えよっ」

前に踏み出す気持ちだけ見て、オレはお父さんの腕を摑んだ。引っ張ると逆らうことなくついてきた体は、やがて自分の足でしっかり走るようになって、オレを追い越していく。

自動ドアが開く……その隙間に体をすべり込ませるようにして外に飛び出した。

ほんの少しの距離。

先に行った柏木と響子さんが車に乗り込んで……あと少しというところで車のドアが閉まる。

「開けろっ」

窓を叩くお父さんの声をしっかりと聞いた。

よかった。

止めようとしてくれている。

響子さんのために、おかしな要求を撤回させようとして……。

それでも車が発車する。柏木も素直に車から降りてくればいいのに、ちょっと楽しんでるふうだったからなあ……。

「比呂さん！」

オレを呼ぶ声がして、別の車が目の前に止まった。そうか。車は二台用意されていた。大阪駅からホテルに向かったときのように、オレたちの移動には大勢が絡むから。

二台目の車の助手席には高崎さんが乗っている。声はそこからだった。

すぐに後部座席の扉を開いて、柏木のお父さんと一緒に飛び乗る。玉城さんは……あ、なんかホテルのドアのそばで手を振ってるなあ。心配なんてしていなさそうだ。

緊張感があるのかないのかわからないまま、車が動き始めた。柏木たちの車はまだ見えるから追っていけばいいだろう。

知ってるな

「秋津比呂、と言ったか」

少し余裕が出てきたのか、柏木のお父さんがオレの名前を呼んだ。なんだ。知ってるなら小僧とかお前とかで呼ばなくてもいいのに。

「お前は堅気だろう。先ほどの啖呵《たんか》は悪くなかったが、お前の人生に浩二は邪魔じゃないか？」

またお前に戻ったのか。

そうじゃなくて。

「は？」

「しょせん、ヤクザだ。まっとうに生きている人間には不便をかけるだろう」

こ、この人……。

呆れた顔で見つめてしまう。

今までオレに投げかけられた言葉は、

『しっかり自身の立場をわきまえることだ』

『こんな場所にまでのこのこと現れて』

それはオレを貶《おとし》める言葉じゃなくて……。

「もしかして、柏木じゃなくてオレの方を心配して？」

「……浩二なぞ、心配する必要はない。あれは勝手に生きる」

この年でツンデレなのか？　ここでデレるとかどういうことだ。

驚きすぎて声が出ない。

「恋だ愛だと騒いでいるうちはいい。だがいつまでもは続くまい。せめて妻として迎えてやれるなら他の喜びも見いだせるだろうが、男同士ではお互いの感情だけが頼りだ。今のうちに離れた方が、いい思い出になるんじゃないか？」

「……思い出にしたいなんて思って……ません」

「急に敬語か」

笑うとやっぱり柏木に似ているな、と思う。ケイさんもよく見れば顔立ちが似ているから柏木家の男たちは似ているのかもしれない。もしかして柏木が女装するとケイさんに……いや、ダメだ、これは考えちゃいけない。

「だが、そうか。まあ、今は何を言っても無駄なのだろう。そのうち、浩二を捨てたくなったら私を頼れ。どこかに逃がしてやる」

「オレが？」

「浩二は執着心が強い。あいつから離すことはないだろう。あの男を受け止められる存在などおらんと思っている」

ああ、変態だからか。

確かに柏木を受け止めるには相当の覚悟がいるなあ、と思う。しかし、お父さん……ちゃんと柏木の変態性をわかっていたのか。

「それなのに、響子さんと結婚させようとしたのはどうしてですか?」

「あれは金も地位もあるし、気心も知れてるから響子を大事にする。だが、愛さない」

愛さない。それは、知っていたんだ。

「柏木家の男は面倒なんだ。惚れた相手への執着心など、目も当てられん。響子を託す相手は響子を大切にする男。そして……響子を愛さない男がよかった」

一言で言って、ひどい話だな。

「オレ、貴方に言いたかったんです」

「なんだ?」

「柏木浩二はオレのものだって。オレだって柏木が大切で、譲りたくないんです」

はっきり言い切ると、柏木のお父さんがふっと笑う。

「響子を愛される妻にしてやれと言われて目が覚めた。響子はそうなるべき女だ」

車が、ゆっくりしたペースで止まる。

「比呂さん、おふたりが降りましたので」

高崎さんにそう言われて、慌てて車を出ると柏木と響子さんが建物に入っていくところだった。慌てて追いかけながら、看板を確認すると……『大阪北区役所』。

マジで区役所にやってきてた。

さすがに銃はしまったよな、と思いながら目立つふたりを探す。

この時間に建物の明かりは少ないけど、婚姻届は二十四時間出せると聞いたことがある。どこかに窓口があるんだろう。

探してみると、ふたりは本当に小さな窓口だけがある場所で並んで何かの書類を書いていて……まさか、婚姻届だろうかと急いで駆け寄った。途中、六十三歳とは思えないスピードで走っていったお父さんに追い越される。お父さん、スイッチ入るとすげーな。

「響子、婚姻届は……」

ふたりの間に割って入ったお父さんは、そこにある書類を見て動きを止める。

「これは……」

オレも覗き込んで、気がついた。

それは確かに婚姻届だった。けれど、夫になる人のところは空欄。妻になる人のところに響子さんの名前が書いてある。

柏木が書いていたのは……証人の欄だ。

そしてふたつある証人の欄。もうひとつの場所もすでに埋まっている。

「姉弟揃《きょうだいそろ》って証人になるんだから、響子を不幸にしたら許さないわよ」

真後ろから聞こえた声に振り返ると、そこには着物姿の美女がいて……。

「ケイさん?」

そう、もうひとつの証人の欄にあった名前はケイさんだった。

なんでここに？

「比呂ちゃんが連絡くれたから、駆けつけることができたわ。響子は妹みたいなものだからね。選んだのがこの親父ってところはどうかと思うけど、権力と金でプラスマイナスゼロだと思うことにするわ」

常盤会会長の座をもってしてもゼロにしかならないマイナスってものすごいな。

「浩二さんが区役所で婚姻届用意しておけって言ったときは何事かと思ったけどね。ほら、早く書きなさいよ」

「敬一《けいいち》、お前……」

「あら。私、敬一じゃなくてケイよ。結婚なんて人生の御大層な儀式の証人になるんだから敬意払ってよね。ケイだけに？」

いや、全然面白くない。

それに柏木のお父さんの声が、ものすごい怖い。

そりゃあ、娘になって出ていった息子との軋轢《あつれき》くらいあるだろう。ありすぎるだろう。

今にも殴りかかりそうだ。

「豪さん、名前書いてくれますか？」

響子さんが小さな声で柏木のお父さんの服をつまんだ。上目遣いのその姿は、あざとい以外のなにものでもない。わかっていても許してしまうやつだ。オレも最近、柏木に使ったので何も言えない。

「お前の親に申し訳が……」

「響子の両親はとうに諦めてるわよ。提出に必要な戸籍謄本もちゃんと預かってきたわ」

ケイさんが封筒を差し出す。それに響子さんの戸籍謄本が入っているんだろうか。

「準備がよすぎない？」

「こういうのは勢いよ。これは貴方のぶん」

もう一枚、封筒が足される。

ケイさんがここにいるのは、この書類を届けに来たからなんだ。ここで婚姻届を出すには戸籍謄本が必要で……お父さんの戸籍謄本を取るのに、ケイさんが都合がよかった。

一体、いつから計画されていたのかはわからないけれど、丁寧にお膳立てされていることには違いない。そこにあるのは、ただ幸せになってほしいという気持ちのはずだ。

目の前にある自分がサインするだけになった婚姻届を見つめてお父さんが大きく息を吐き出す。

ペンを手に取った、その顔は晴れやかなものに変わっていた。

「百まで生きるか」

「私がサポートするわ。一緒におじいちゃん、おばあちゃんになりましょう」

「もうおじいちゃんだが」

まだぶつぶつ言いながら……それでもお父さんが書類に記入していく。柏木が判子を差し出すと、お父さんは目を見張った。

「私の判子を勝手に持ち出したのか」

「秘書に預けてるからだ。悪用されたくなかったら、響子に管理してもらえ」

お父さんは押印した後の判子を、自然な動作で響子さんに渡す。響子さんが嬉しそうに判子を受け取った。

提出のための窓口の周辺に人はいない。すでに区役所自体は閉まっている時間だから当然だろう。逆にこの時間でよかった。こんなに濃いメンバーで区役所訪問とか、警察呼ばれたらどうしようってレベルだ。

「昨日の夜、比呂ちゃんからの連絡で浩二さんと響子を結婚させようとしてるっていうこと聞いて、柄になく焦ったじゃない」

ケイさんがふう、と息を吐く。

「なんで?」

「だって、私でもちょっといいかもって思うくらい条件が整ってたもの。浩二さんは名義上の妻を得るから、他から結婚の圧力がかからなくなる。響子は嫁の立場で常盤へ自由に出入りできるようになる。比呂ちゃんは周囲に愛人だと認識されて安全を得る。でも、それで纏まるのって悔しいじゃない。響子の両親説得して、朝一番で響子の戸籍謄本準備して、それから豪さんのものを用意して新幹線に飛び乗ったのよ？」

朝一番？

思わず、柏木を振り返る。

だって朝一番って、まだお父さんのホテルに乗り込もうと言い出すよりずっと前の話だ。

「そんな前から？」

「お前がケイと連絡を取るからだろう。面倒な手出しをされるよりは巻き込んでしまった方がいい」

ああ、そうだった。オレの携帯の情報は柏木に筒抜けだってことを忘れていた。オレが昨夜ケイさんと連絡を取ったことに柏木が黙っているはずがない。

「言ってくれればいいのに」

「俺だってここまで上手くことが運ぶとは思っていなかった。響子が銃で脅して区役所なんてな。あいつ、提出には戸籍謄本が必要だと知って落ち込んでたぞ」

響子さんも、柏木と車に乗るまで知らなかったんだ。

あんなに必死で柏木脅しておいて書類が足りないって言われたら確かに落ち込む。

「まあ、親父が食いついてきたからな。このまま結婚してしまえと焚きつけた」

「浩二さんが豪さんを説得するからって待機してたのよ。そしたら、急に響子から銃で脅された区役所に向かってるから、そこで合流なんて言われて……。もうちょっとおだやかに話が進まないものかしら」

おだやかに……。なんだか柏木家とは無縁の言葉のように思える。

「ここで親父を丸め込まなけりゃ、やっぱり無理だとかふざけたことを言い始めかねないからな」

柏木がオレの頭をぐしゃぐしゃと掻き回す。

「響子さんが銃を出して柏木脅したのも演技？」

「あれは演技じゃない。本来なら話し合いをして、できるならそこで親父に婚姻届にサインさせるつもりだった」

印鑑用意したり、書類を用意したりと兄弟……姉弟？　で連携を取っていたらしい。ケイさんは家を捨てたって言っていたけれど、完全に切れているわけでもなさそうだ。

「でもまあ、これでふたりに子供でもできれば、浩二さんも後継ぎ作れなんて言われなくなるでしょ」

柏木がにやりと笑う。そうか。それでふたりの結婚を後押ししていたのか。

「あ、提出が終わったみたいだわ」

ケイさんがこちらへ戻ってくるふたりに向けて手を振る。

「おめでとう、響子」

「おめでとう」

「おめでとうございます」

三人でそれぞれにお祝いを言うと、響子さんがそっとお父さんの腕に自分の手を添えた。

「ふん。馬鹿息子どもが、余計なことを」

「息子どもってやめてくれる？　私、娘……」

ケイさんが言い終わらないうちにお父さんの拳が飛んだ。軽々避けているけど。

「まったく貴様は……っ。跡目披露をしようとしているそのときに『取ってきちゃった』なんて女の格好で現れて家を出ていきおって……。よくもまあ、私の前に顔を出せたものだ」

うわ、マジで？

それはほんとによく顔を出せたな、と感心した。

「まあいいじゃない。終わったことだし」

「よくはないが、今日のところは祝いの場だ。勘弁してやる」

お父さんは……眉間に皺が寄っているようで、それでも口元は歪んでいて、微妙な顔をしている。素直に喜べばいいのに。

「この後は……」

「東京へ戻る。響子の父親に顔を見せておかねばならん」

「あら。ちょっとくらい夫婦でゆっくりしていけばいいのに」

「ただでさえ、順番がおかしい。少しでも早く義理は通した方がいいだろう」

オレもちょっとくらいと思ったけれど、響子さんが幸せそうに笑ってるのでなんでもいいかと思ってしまう。

「比呂ちゃんたちは明日から高知に行くんですって?」

「え……、ああ。うん」

嘘をつくのもなんなので頷いたけど、わざわざケイさんが聞いてくると何かありそうで怖い。

「私、坂本龍馬大好きなのよ!」

ここにもいたのか……龍馬好き……!

「お店、三日間休みにしてきちゃった」

ぴくりと柏木の顔が引きつる。

「昨夜から駆けずり回った私にご褒美くらい必要でしょう?」

必要……かもしれない。かもしれないけど、ケイさんが一緒の旅行を想像するとなんだか胃が痛くなるような気がする。

ホテルに戻るころにはもう随分時間が経《た》っていた。これから部屋に戻って夕食だ。いろいろありすぎて疲れたけど、目の前で作られたら食べてしまうんだろう。

この旅行で太るかも、なんて考えながらエレベーターに乗り込む。

泊まっている最上階に着いたところで、フロアに出ようとしたら柏木に腕を引かれた。

「え？」

先に出ていた高崎さんの動きも一瞬、止まる。閉まっていくドアに高崎さんの慌てたような顔が見えた。

ふたりきりになったエレベーターは最上階のさらに上、屋上に向けて登っているようだった。

「何？」

そう聞いても、柏木は笑うだけだ。

やがて屋上に着いたエレベータのドアが開き……。

「うわ！」

声を上げたのは、そこに一台のヘリがあったからだ。

「行くぞ」

柏木の声にハッとして慌てて後に続く。

ヘリの後ろの座席のドアは開いていて、促されるままに乗り込むとヘッドホンのようなものをつけるように指示された。あとから乗り込んだ柏木はヘリのドアを閉めてしまう。

「玉城さんと高崎さんは……?」

「たまには俺と一緒の逃亡もいいだろう」

柏木の言葉を合図にヘリがゆっくり上昇を始めた。下を覗き込むと、追ってきた高崎さんが手を振っているのが見えて、思わず振り返してしまう。

高崎さんは決しておだやかに手を振っているわけじゃない。控えめに言って必死な形相だ。でも飛び立ったヘリを止めるのは無理。ごめん、高崎さん。

飛び立ったヘリから見える夜景は、ただ息を呑《の》むほど綺麗だ。

「すげ……」

バタバタと大きな回転音が響いているのに、眼下に広がる光景に音はどこか遠くに行ってしまったみたいだった。

飛行機の窓から見る夜景とはまた違う。距離が近いぶん、端が見えなくてこの光景がどこまでも続いているような気がした。

「柏木」

この光景をくれた柏木にお礼を言おうと袖を引く。

ありがとう、と大きな声で言うと掠めるようなキスをされた。ヘリにはオレたちとパイロットだけ。操縦に集中しているパイロットにはきっと気づかれていない。

ホテルに戻ったら、高崎さんに謝らなきゃな。きっと心配をかけている。

そんなふうに思いながら夜景を楽しんでいたのは、ほんの十数分。

「あれ?」

普通、夜景を楽しむためのヘリ飛行というのはぐるっと周回したりするはず。けれどこのヘリはコースを変えることなく海の方へ直進している。

『どこへ向かってる?』

携帯の画面に文を打ち込んで柏木に見せると、柏木が意地悪く笑った。

『高知』

短く返された言葉に、思わず固まってしまう。

高知?

高知??

それは明日、向かうはずだった場所だ。

『ちょっと予定を早めた』

ちょっと?

それはちょっとなんだろうか?

そうこうしているうちに眼下の景色が真っ暗になる。ところどころにある光はきっと船。

海に出てしまったのだ。

『たまにはふたりもいいだろう』

見せられた画面に何度も目をしばたたかせる。

「柏木……」

近づいてきた顔に、どうかパイロットが気づきませんようにと祈りながら目を閉じた。


高知に降り立って、出迎えてくれたのは安瀬さんだ。

ひとあし早く高知に乗り込んでいろいろ手配をしてくれていたらしい。今回の急な予定変更にも素早く宿を押さえてくれたようだ。

「玉城はそのまま東京に帰るって。高崎はどうにかしてこっちに来ると思うよ」

うん。オレもそう思う。だって高崎さんの高知愛は半端ない。

でも現実問題として、大阪から高知は遠い。ヘリだから随分早く来られたけれど、今いる四万十川周辺は高知市内からでも百キロ以上ある。ごめんなさい、と心の中で謝っておく。

安瀬さんが用意してくれていたのは、小さな宿だった。小さいといっても古い感じはしない。平屋のこぢんまりとした宿で、中庭を中心に独立した部屋がいくつかあり、無垢《むく》の木を中心としたインテリアは和と洋が上手く組み合わされていて落ち着いた雰囲気を出していた。

「じゃあ、今日はここ全部貸し切ってるから」

全部。

部屋の前に立って、きょろきょろしてしまう。

向かって正面はフロントがあったから、部屋じゃない。その横もレストランって言ってたから違う。部屋は今いるところと、左右に二部屋ずつ……くらいかな？　それほど大きな宿じゃなさそうだと理解してほっとする。

「食事は簡単でいいって言うから、部屋に軽食用意してる」

柏木がそういう指示を出していたのか。

時間は経っているけれどいろいろありすぎたせいか、それほどお腹は空《す》いていない。

「比呂ちゃん待望の大浴場も使い放題だから」

にやりと笑って、安瀬さんは右側のフロントに一番近い部屋に入っていく。

「大浴場……？　温泉⁉」

温泉！

温泉がある、と一気にテンションが上がる。

高級ホテルもいいが、やっぱり温泉には代えがたい。

「ああ。部屋にもついているらしいが、どちらに入る？」

安瀬さんから受け取ったカードキーで扉を開けながら柏木がなんでもないことのように言う。

こいつはやっぱり、部屋に温泉がついているということのありがたみを知らないらしい。

部屋に入って電気を点《つ》ける。フロントでも見たような、無垢の木を多く使ったインテリアだ。右手には小さなカウンターバー。左手には大きなテレビとソファセット。奥に扉があるから、そっちが寝室だろう。

「そりゃあ、大浴……」

言い切る前に、腕を摑んで引き寄せられた。

重なる唇に。まあいいかと目を閉じる。

手を伸ばして柏木に抱き着くと、キスはさらに深くなる。

入り込んできた舌に少しだけ自分のものを当てると、逃がさないとばかりに絡みついてくる。だんだん息が苦しくなってきて、合間に漏れる息に小さな声が混ざる。

「……っ、ぁ……」

服の隙間に柏木の手が潜り込んでこようとしていて慌てて摑んだ。このまま流されたら、大浴場どころか部屋の風呂にさえ入り損ねる。

「比呂」

無理矢理体を離してキスを終わらせる。オレはなんとしてでも温泉に入る。

「大浴場！」

決意を込めて叫ぶ。

「温泉に負けるのか……」

柏木の呟きなんて無視だ、無視！

浴衣《ゆかた》に着替えて、一緒に行こうとしたところで柏木に電話がかかってきた。勝手にこちらに来たわけだし、何かとあるんだろうと思って柏木を置いて先に大浴場に向かう。

オレがいれば話しにくいことも多いだろうという気遣いだ。決して先に行きたかったわけではない。嘘だ。温泉がむっちゃ楽しみすぎた。

男と書かれた青い暖簾《のれん》をくぐって入った脱衣所に人の姿はない。貸切だって言ってたから当然だ。オレと柏木が入る可能性がある以上、安瀬さんも入ってこない。

一番近い籠《かご》に浴衣をほうり込んで大浴場に続くドアを開ける。

湯気の立ち込める浴場にも人影はない。貸切は他の人に迷惑をかけるなんて言ってたオレだが、いざ貸切となるとテンションが上がる。自分でも現金なものだと思う。

宿自体はそれほど大きくないため、大浴場もこぢんまりとしている。中央にある浴槽は大人が十人ほど入ればいっぱいになりそうだ。

急いで体を洗って、まずは室内の風呂。

少し熱めのお湯に体を浸して、しっかり温める。

透明なお湯は手に掬《すく》うと独特な香りがする。少しとろっとしたお湯が、手を動かすたびに体に纏わりついてくるみたいだ。

ガラス張りになっている、その向こうに見えるのは露天風呂。ここよりさらに小さい湯舟だが、そのかわりにひとつではなくふたつある。手前の湯舟には小さな屋根があるが、その向こうの湯舟には屋根がない。周囲の照明も少なめだ。

あえて暗くしてあるのかな、と考えてその理由を知りたくなった。

ざばり、と音を立てて立ち上がる。

外へ続く重い扉を開けると、ひんやりした空気が体を包んだ。

急ぎ足で向かうのは、奥の暗い湯舟。

ざぶりと身を沈めて……オレはここに屋根がない理由を知った。

星だ。

見上げた夜空には、東京で見ることのない星空が広がっている。

「すげー……」

声に出してみて、その声が思ったより響くことに首を傾げた。

「……」

動いたときのお湯、吐く息。ひとつひとつの動作がいつもより身近に感じられて……。

「あ」

それが、他に音がないせいだと気がついた。

車の音が聞こえない。

夜であっても、何かしら響いている生活の音というものがここにはない。ただ、静かなのだ。緩やかな風が吹いていても、木々の揺れる音がはっきりと聞こえる。それでいて、わっと声を上げると、すぐに暗闇《くらやみ》に吸い込まれる。

「高知、すげー……」

ヘリで来たからわからなかったけれど、ここは道路からも離れた場所なんだろう。静かさとはこういうものなんだと初めて知った。

こんな場所で貸切で露天風呂なんて、最高以外に言葉がない。

目を閉じて静かさを堪能する。静かさを堪能なんて言葉が頭に浮かぶこと自体、今の状況に相当に浮かれているなと思った。

「早く来ないかな」

この発見を早く柏木に伝えたい。

一緒に空を見上げて、息をひそめて静かさを楽しみたい。

そう思い始めるとそわそわして落ち着かなくなる。自分ひとりで楽しむより、柏木と楽しむことの方が重要で、早く来ない柏木を責めたくなる。

一緒にいたいのだ、と改めて強く思った。

オレは柏木と一緒がいい。

そう思い始めると、ここにひとりでいる時間がもったいない気がして立ち上がる。部屋にも立派な露天風呂がついていた。同じような静けさは向こうでも楽しめるだろう。

部屋に戻っても柏木はまだ電話をしていた。仕事人間はどうしようもない。

近づいていくと、柏木が少しだけ眉を寄せる。オレがもう戻ってきたことが不思議だったのかもしれない。

会話の様子からして、相手は玉城さんかな。玉城さん以外で柏木に直接電話をかける相手はほとんどいない。仕事人間は知り合いも少ないらしい。

「……?」

オレが大浴場に行く前から話しているんだし、もうそんなに長くはないだろうと思って柏木のジャケットに手を伸ばした。

ボタンを外すオレを見て柏木の口角が少し上がる。

電話を持っていない方の袖を引っ張って、脱がせる。柏木が電話を持ち換えたので、もう片方も。

ハンガーを探してきょろきょろしたけれど、近くに見当たらなかったからソファの背もたれにかけておいた。明日も観光だし、少々皺になったところで別に気にしないだろう。

気にするか……？　まあ、いいや。こんなところでも仕事の電話をしている柏木が悪い。

柏木のところに戻って、シャツをズボンから引っ張り出す。ボタンを全部外して、ジャケットと同じように脱がせていく。シャツはどうでもいいだろうと、ソファにほうり投げて、ベルトに手をかけた。

ズボンを脱がせるのにも柏木が片方ずつ足を上げて協力してくれる。心なしか、電話で話している声が楽しそうだ。ズボンはそっとソファの背もたれにかけた。また戻っていくと柏木が足を上げている。靴下だ。それくらいは電話しながらでもできるはずなのに、と思ったが脱がしてやる。靴下は、床に置いておいてもいいだろう。

アンダーシャツを脱がせるときは一瞬、電話から離れたけれど会話に支障はなかったみたいだ。これでパンツ一丁の柏木のでき上がり。均整の取れた鍛えられた体がムカつく。

浴衣を持ってきて、背中側から着せた。

前に回って、柏木の体に帯を回していく。

二回まわして、体の前できゅっと結んだ。ちょっと余っていたので、リボン結びにしてやる。柏木とリボン結びは最高に似合わなくて笑える。でも電話中では自分で直すことはできないだろう。ざまあみろ。

丹前を着せると、立派な温泉ファッションのでき上がりだ。

可愛いリボン結びの帯が隠れてしまったのは残念だが、こうして見ると柏木の男前っぷりがすごい。浴衣って、可愛いだけのものじゃないんだなと思う。

さて。

ここまでしてもまだ電話が終わらない柏木をどうしてやろうかと考えて……、オレは抱き着くことにした。

もうまっすぐな、早く電話終われのアピールだ。

正面からぎゅっと抱き着く。

「ああ、わかっている。その件は……」

あざとく上目遣いで見上げてみる。

「……勝手に片づけておけ」

その瞬間に柏木は電話を切って、ソファに投げた。なんだ、切れるんならもっと早く切ってくれよと思う間もなく、顎を取られて唇が塞がれる。

「……っ、あ」

かくりと足の力が抜けそうになると柏木の手が腰に回ってきて支えられた。顎にあった手もいつの間にか後頭部を押さえていて逃げ場がなくなる。

「温……せ……」

「お前が悪い」

なんでだ。一緒に温泉に入りたくて、いろいろしただけなのに。

「だいたい、そんな格好で大浴場から戻ってくるとは」

「普通に浴衣着てるし！」

「着方が甘い。前がはだけすぎだ」

知らねえ。普通にちゃんと合わせてたし。

「柏木がこんなことするからだろ」

喉元をべろりと舐められて文句を言うと、軽く歯を立てられた。浴衣でそれをやられると、跡が目立つ。続けようとする柏木の唇を手で塞ぐと、体勢がぐらりと揺らいだ。

あ、と思う暇もなく床に押し倒されて焦る。

柏木が体重をかけてくる前に慌てて逃げようとするけれど、帯を摑んで引き戻された。

だがここで流されたら負けだ。

「温泉！　露天風呂！」

「……重要か？」

「当たり前だろ。柏木と一緒に入りたくて、戻ってきたのに！」

「……」

柏木が少しだけ眉を上げる。

「すげーんだよ。星空。それにむちゃくちゃ静かだし。絶対気持ちいいから、一緒に行こう！」

れる。

もう一押しか？

「柏木と一緒に入りたい」

一緒を強調してみる。

柏木は、大きく息を吐いて体を起こした。続けて体を起こすと、ひょいっと抱え上げら

「部屋の風呂でがまんしろ」

それが柏木の妥協点らしい。

大浴場の屋根のない湯舟がいいのに……と思っていたら、部屋の露天風呂にも屋根がなかった。しかも、淡いオレンジの灯《あかり》はすべて足元に集められていて、見上げる空を遮る光はない。

脱衣所の籠に浴衣をほうり込んで、岩に囲まれた湯舟に急ぐ。面積が小さいぶん、お湯の温度が少し高い気はしたけれどそれもまたいい。

「そんなに温泉が好きなのか」

「嫌いな奴いるの？」

あとから来た柏木はドオオオンを隠そうともせずに堂々と歩いてくる。そりゃあそうだ。あれだけのドオオオンなら見せつけたいに決まっている。

「熱海《あたみ》や箱根《はこね》あたりなら向こうに戻ってからも連れていってやる」

「マジで！　うわ。やった」

思わず柏木に抱き着きそうになったけど、耐えた。この状態で抱き着いたらきっと温泉を楽しむことはできなくなる。温泉に入るからとがまんさせていることを忘れちゃいけない。

座っているオレの横に柏木もゆっくり腰を下ろすけど、あんまりくっついていると危険な気がして少し距離を置いた。

「比呂」

少し眉を寄せてすぐに距離を詰める柏木はどこか幼く見えて笑ってしまう。仕方がないかと寄り添うことにした。

ただし、柏木に背中を預ける形で。もたれるところが柔らかいっていうのはいい。そのまま上を見上げると、さっき見たものと同じ綺麗な星空が広がっていた。

「柏木、上」

指をさすと、柏木の視線もまっすぐに上を見上げる。

「……ああ」

納得したような一言。それからしばらく無言で空を見つめていた。

ちゃぷり、とお湯がほんの揺らぐ音すら大きく聞こえる静寂。

柏木がオレを抱き寄せようとしていることに気づいて慌てて逃げる。遠くに離れても無駄だろうと思ったオレは柏木の背中側に回った。

「比呂」

柏木が笑ったのは、オレが背中に抱き着いたからだろう。でも、これだと柏木はオレにあんなことやこんなことはできない。引っついているから、機嫌も悪くならない。妥協点も考慮した完璧な体勢だと思うんだ。

「うわ……っ」

声を上げたのは、柏木がオレに体重を預けてきたからだ。

柏木は家にいるときでも、いつもどこかにぴんとはりつめた糸を持っている。それなのに今、オレに体を預けている柏木は表情も柔らかくて無防備だ。

「たまには悪くない」

柏木の体に回している手に、柏木のそれが重なる。指を絡めるように握り込まれて頬が赤くなった。裸で抱き着いているのに、手を握ったことに照れるなんて。

「柏木の、背中……」

「ん?」

いたたまれなくて視線を落とすと、そこには鮮やかな色彩がある。

一面に広がるのは大きな龍の体。中央には嫋《たお》やかな女性が描かれている。その表情は勇ましい龍とは対比的で不思議と目を引くデザインだ。

「この絵、何か物語とかあるの？」

「ああ、物語というほどでもないが……。これは龍頭観音《りゅうずかんのん》だ。龍騎観音《りゅうきかんのん》ともいう。観音菩《かんのんぼ》薩《さつ》は三十三の姿になるというが、その中のひとつだ」

柏木が体を起こして、オレに背中を見せてくれる。

「龍を操り、恵みをもたらす」

「龍を？」

「ああ。雲を呼び、雨を降らせ、雷さえも自分の意思ひとつ……。人々に恐れられる龍という存在を自在に操る観音様だ」

じっと背中の女性を眺めてみる。おだやかな微笑みを浮かべて坐する女性は、観音様。龍はものすごい力を持っているイメージがあるけれど、それを操れるって。

「最強じゃん」

オレの感想に、柏木がふっと笑う。

「ヤクザの世界は力だ。ただの、力。それを金に変え、権力に変えていくのが俺の役割だと思った。俺自身が力を操るつもりで入れた墨だが……」

ゆっくりと振り返る柏木がまっすぐにオレを見る。

「俺は俺を制御できる誰かが欲しかったのかもしれん」

柏木を制御できる、誰か。

伸ばされた手が頬に触れる。

「比呂。俺はお前のためなら、なんでもしてやろう」

耳元で囁かれる言葉は……相変わらず、重い。

「いや、別にそこまで求めてないし」

「そうか？」

その問いかけに全力で頷く。柏木の『なんでも』はいろんな可能性を含んでいそうで怖い。

ふわりと浮くような感覚があって、向かい合わせで柏木の上に座る。

「比呂、愛してる」

「うん」

おはようと同じくらい自然に紡がれる言葉に頷いて……オレも、と小さく呟く。

柏木がオレに向けるものが愛だというのなら、とうていそれには敵わない。それでも、声に出せるくらいにはオレも柏木が大切だ。

柏木の手が太ももに添えられる。ゆっくりと動くそれが、じわじわとオレの体温を上げようとしている。

「比呂、キスしてくれ」

柏木の言葉のままに唇を重ねた。

軽く、一回。それからもう一度。

柏木の唇が開いて……オレはそこに自分の舌を差し込んでいく。柏木の口の中は熱い。

探し当てた柏木の舌に自分のそれで触れると、ゆっくりと絡んでくる。

くちゅりとお互いの舌が絡む音が響く。

恥ずかしくなって引こうとした後頭部を柏木の手が押さえつけた。

「……っ」

取られた舌を引き抜くと柏木のが追ってくる。キスの主導権はあっという間に奪われて、腰に回った手がオレの自由を奪う。

「ふっ……ぁっ」

唇がずれた瞬間に響いた自分の声に慌てて唇を結んだ。ここの静けさでは、声が大きく感じてしまう。

「比呂」

にやりと笑った柏木が首筋に舌を這わせた。肩口から耳元へ……ときおり、吸いつきながらゆっくりと。

「……っう」

耳まで辿り着いた舌は、容赦なくその中へ侵入した。

くちゅくちゅという音が響いて、その厭《いや》らしさにぎゅっと目を閉じる。後頭部を押さえていた手がふっとなくなり、柏木の体との間に空いた隙間に手が忍び込んだ。

「ああっ」

ぎゅ、とそこを握られて声が抑えられなくなる。思わずのけぞった体は、胸を柏木に差し出す格好になって……かぷり、と突起を咥えられてまた声を上げてしまった。

「やっ……柏木っ……声……っ」

声を上げたくないのだと必死で伝えるけれど、柏木は止まらなくて……突起を舌でもてあそびながら、固くなったものを扱《しご》かれるとどうしようもなくて。

「う…ぅ」

せめて声を抑えようと自分で口を塞いでも、すぐに力が入らなくなってしまう。

「比呂。誰も聞いてない」

そんなわけあるか、と叫びたかったが……よく考えると、安瀬さんは貸切だと言っていた。オレが大浴場に入れるように気を遣ってくれての貸切だと思っていたけれど、こういうことになってもいいようにそうしたのかもしれない。

安瀬さんの部屋は中庭を挟んで向こう側。

さすがにそこまで声は響かない……はず。

「比呂」

先端を親指で弄《いじ》られて、口から手が離れた。

それを見越したかのように、力強く擦られて柏木にしがみついてしまう。

声？

そんなもん、もう気にしてる暇はない。

「あああぁっ」

一気に快楽を高められて……柏木の手の中に……。

ちょ……、柏木の手の中ってことは、お湯の中。温泉の、中。

「うそ……」

「ん？」

「温泉」

そう、ここは温泉だ。いくら個室の露天風呂って言っても温泉なんだ。

声がどうとかそういう前に、これはいくらなんでもマナー違反じゃないか。そう思って
背中にしがみついたのに、まんまと流された。

「中でいっちゃ……」

温泉好きとして、これはない。断固ない。

してくれとか言われて素直にキスするんじゃなかった。

落ち込んでいるオレを柏木がしっかり抱えなおす。がっちり腰を押さえられて……頰や

首元に何度もキスを落とされ……。

「ダメだって、柏木。温泉だから！　部屋行こう、部屋！」

「比呂、無理だ」

するりと後ろを撫でられて体がビクリと跳ねる。

「なんで⁉」

「涙目で中でいくなんて言われたら、抑えは利かない」

中でいく？

そんなワード、使ったたっけ？

そう首を傾げて自分の言葉を思い出した。

『中でいっちゃ……』

「ちげーしっ！　それ、温泉の中っ……ああっ」

ぐっ、と指が侵入してきて体が跳ねる。柏木はもちろんそんなことで力を緩めたりはしない。むしろ嬉しげに抱き寄せられて……唇が重なる。

「……っ、あ」

深い、キス。

その間に後ろの指が増やされる。

奥まで入り込んでくる舌に口の中を掻き回されて、どんどん酸素が足りなくなる。息がしたくて口を開けるとさらに奥まで蹂躙《じゅうりん》されて頭がぼうっとしてくる。

「ふ……っ……ぁ」

漏れる声に甘さが含まれていくのが自分でもわかった。

苦し紛れにどんと柏木の背中を叩くけれど、まったく力が入ってない。

「ちゃんと部屋でもしてやる」

そういうことではない。

するりと後ろから抜けた指に焦って手足をバタバタさせるけれど、柏木が止まるわけはなくて……。

「あああっ！」

押しつけられた塊に叫ぶような声を上げる。

「比呂」

浮きそうになる腰を支える手。

「比呂」

なだめるように、落とされる唇。

「やっ……あああっ」

足が湯舟の底から離れて浮いた。落ちるように、柏木のモノの上に体が沈む。

「中っ……や……」

温泉の中で、こんな……と思って呟いた言葉に柏木のモノがぐっと硬さを増す。ちくしょう。エロ親父はどんな言葉も下ネタに繋げるのか。

睨むつもりで見つめた柏木は……すごく、嬉しそうに笑っていて。

「ちくしょ……っ」

そんな幸せそうな顔をされたら、もういいかなんて思ってしまって。

「比呂」

甘い声にぎゅっと目を閉じる。

「比呂、愛してる」

ああ、もう！

ムカつくから、柏木の腰に足を絡める。これで動けないだろうなんて……浅はかな自分を責めたくなるのはほんの数秒後。

しがみつく格好になってしまったことで、下から激しく突き上げられて文句の言葉も言えない。

あれだけ抑えていた声も、どうでもいいくらいになって。

バシャバシャと派手に上がる水音が恥ずかしくて、ぎゅっと柏木に抱きついて。

ひときわ大きく体が浮いて……落ちて。

「あああっ！」

はずみで二回目の絶頂に達し、ぎゅっと中を締めつけると柏木が低く呻《うめ》いて……。奥に感じる熱さに、柏木も吐き出したのだと……ほうっと息を吐く。

自分がいった後の律動は感じすぎて辛い。柏木もいってくれてよかった。

力の抜けた体がすべり落ちそうになるのを柏木が支えてくれる。ずるりと柏木のモノが中から出ていく感触に少しだけ眉を寄せる。

「比呂、顔が赤い。のぼせたか？」

のぼせた……かも。温泉にということだけではない。柏木と体を重ねると、どうしたって体の奥がぐずぐずになってしまう。

このまま柏木に体を預けてたら危険だと察したオレはふらふらと湯舟の端に近づいて、お湯から出るとそこに腰を下ろした。足だけをお湯に浸して大きく息を吐く。

ひんやりした風が体に当たって気持ちいい。ぼんやりした頭がだんだんと思考を取り戻してくる。

ざぶり、と音がしてそちらへ視線を送ると柏木がオレのすぐ近くに移動してくるところだった。

「いい眺めだな」

その視線は、まっすぐにオレに向けられている。堂々と見つめすぎだ。

「もう今日は終わりだからな？　触んなよ」

慌てて足を閉じると、寄ってきた柏木はオレの膝に唇を落とす。

「……っ、離れろ」

声が震えた。

まだ体の中に残る熱があったと思い知らされて、視線を逸《そ》らす。

「そうか？」

すっとふくらはぎに手を回した柏木が、少しだけ距離を取る。オレの足を持って。

「……？」

伸ばした足を柏木に取られている。何がしたいんだ、と声を上げようとした瞬間、柏木が足の指をぱくりと咥えた。

「……っ！」

震えるほどの熱が、背筋を駆け上がる。

親指を咥えた柏木は……ことさらゆっくり、口の中でそれをころがした。

「なっ……に……っ」

「離れろ、というから離れたのに」

一度口を外すと、今度は親指と人差し指の間に舌を差し込んで舐め上げる。

「……っあ」

足を取られているから、立ち上がろうとしても難しい。自然に横に倒れ込んで……岩にしがみついた。

その間に今度は人差し指を口に含まれる。

「おまっ……や……！」

ふくらはぎを這う手が、膝よりも上に伸びてこないのがもどかしい。

ただゆっくりと足の指を口に含まれ……間をねっとり舐め上げられ……息が、苦しくなる。

そうして小指まで舐め上げた舌は、土踏まずを辿って足首に辿り着いた。

終わったのか、と力を抜きかけると再び親指を口に含まれて悲鳴を上げる。

「どうした？」

「どうしたじゃねえよ、この変態！」

もう泣きそうだ。

体の熱が自分じゃどうにもならない。

「中！　これ以上、ここじゃやらねえ！　ベッド連れてけ！」

手を広げると待ってましたとばかりにオレを抱え上げる柏木。今日はもう寝られないだろう、と覚悟を決めた。

ヤクザと激重ラブバケ進行中

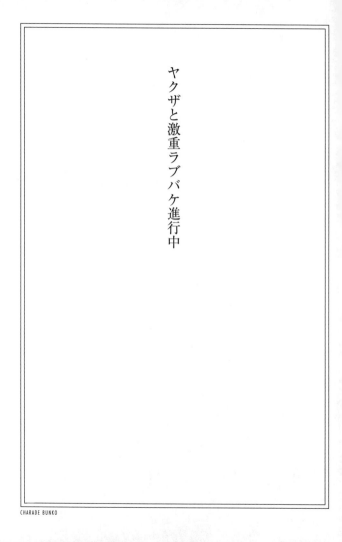

ここ数日の出来事を思い返すと、怒涛《どとう》としか言いようがない。

ヤクザの会合があるからと大阪《おおさか》まで一緒に行って（さすがに会合には出なくてよかったけど）、柏木《かしわぎ》の婚約者だという響子《きょうこ》さんから銃を渡されて（偽物だったけど）、響子さんと柏木のお父さんが婚姻届を提出するのを見守って、それからヘリで大阪から高知《こうち》までの移動。

宿に着いてからの……。

ああ、昨夜はひどかった。柏木はやっぱり変態だ。

結果だけを言うと、翌朝は起きられなかった。

朝の冷たい空気の中で温泉に入りたかったのに、起きられなかった。

用意されていた朝食も食べられなかった。

なんとか起きて、着替えて外に出られたのはもう十二時近くなってからだ。さすがにこれ以上は宿にも迷惑がかかる。ちなみに着替えやスポーツドリンク、大きな声では言えないものなど、安瀬《あぜ》さんの手配は完璧だった。

「おはよう、比呂《ひろ》ちゃん」

ああ、胡散臭《うさんくさ》い安瀬さんの笑顔は今日も絶好調だ。

「あれ？　高崎《たかさき》さん？」

その横に高崎さんが立っていて驚いた。高崎さんは大阪に置いてきた。どうにかして来るだろうとは思っていたけど、もう？

「……夜どおし、車を走らせました」

その疑問が顔に出ていたんだろう。高崎さんが遠くを見ながら呟《つぶや》いた。

「ごっ、ごめんっ。ほんとにごめん！」

「いいんですよ。比呂さんは悪くありません。社長がそう手配されたのなら、私は文句を言える立場ではありませんから」

文句言ってる。むっちゃ言ってる。

「大丈夫、大丈夫。大阪から四万十《しまんと》なんて、たかだか四百キロだし。時速百キロでいけばたったの四時間だもんね？」

安瀬さんが笑いながら適当なことを言う。時速百キロで移動できるわけはない。六時間くらいはかかってるはずだ。

それに柏木とオレがいつ動き出すかわからない以上、早く準備して待っていてくれたに違いない。

「ちゃんと寝た？」

「寝ました。それに、私は二、三日寝なくても平気ですよ」

「いやいや、待って。ちゃんと寝て。オレたちが四万十川に行ってる間に仮眠……」

「比呂さん」

「はい？」

「比呂さんは私に四万十の雄大な流れを諦《あきら》めろとおっしゃってますか？」

え？

「いいですか。四万十川というのは最後の清流と呼ばれております。それは上流にダムがなく、生態系が豊かだからです。その川の幸と言えば、ツガニに手長エビ、青さ海苔《のり》、もちろんうなぎや鮎《あゆ》、アマゴと……」

うわああ。高崎さん、目が据ってる。よっぽど楽しみにしてたに違いない。

それなのに、置いてきてしまって悪かった。夜どおし移動させることになって本当に申し訳ない。

「大丈夫、大丈夫。高崎、まっすぐ四万十にくればいいのに四万十川の源流地点に行ってきたから興奮してるだけだよ」

「え？」

「四時間ほどの回り道かなあ？」

「いえ、それほどには……」

高崎さんがそっと目を逸《そ》らせる。

ほんとに源流地点に行ってきたんだ……！

「源流、ほんとに山の中の小さな湧《わ》き水みたいなところだからね」

「……だからこそ、四万十川の雄大な流れを感じられるのです」

ごめん。

本当にごめん。そんなに本気で四万十川を楽しみにしてると知らなくて、軽々しく休んでたらなんて言って。

「比呂ちゃん、怒っていいところだよ？」

「え、でも……」

「本来なら、護衛のために一刻も早くここに来なきゃいけないのに、寄り道していたんだから」

え？　ああ、そういうことになるんだろうか？

「いいえ。私は昨夜社長と比呂さんがホテルに戻ったところでその日の勤務を終えております。そして今日の勤務の開始は本来、ヘリに乗るはずだった午前十時。それまでにはここに着いていました」

おお……。

じゃあ、勤務時間外に何をしようと自由……？

「その間、寝てなくて今日の警備に支障をきたせば問題だろう。どうせ比呂ちゃんはお昼近くまで起きてこないと踏んで、さっきまで車で寝てたじゃないか」

ふっと高崎さんが目を逸らす。それはどうやら本当らしい。

高崎さん、真面目《まじめ》な人かと思ってたけれど、そういう面もあるんだとちょっと驚く。

「あれ……？　ケイさんは？」

そういえば、一緒に高知に行くのだと騒いでいた人がいないことに気がついた。さすがに夜どおし車で来るのは嫌で、大阪に残ったんだろうか。

「あの、それが……四万十川の源流地点に向かう途中に坂本龍馬《さかもとりょうま》の脱藩の道というのがありまして……」

高崎さんの説明によると、坂本龍馬が土佐藩を脱藩するときに通った愛媛《えひめ》県へと抜ける山道があるらしい。

「その看板を見たケイさんは、行かれました」

「へ？」

今、愛媛県に抜ける山道って言ったよね？

普通の道じゃなくて、山道。そこを行くケイさん。激しく似合わなくて、何度も目をぱちぱちさせる。さすがに着物じゃないよね？　でもあの人、スニーカーとか持ってるんだろうか？

「私も、いずれ……！」

ああ、高崎さんも行きたかったんだ。そんなに坂本龍馬が好きなんだ。

用意されていた車は二台。

一台目に運転手と護衛の人。安瀬さんの三人。二台目に運転手と高崎さん、オレと柏木が乗り込んで出発する。

うん、四万十の澄んだ空気の中に二台の真っ黒なベンツ。爽《さわ》やかさが台無しな気がする。まあ、走ってる姿を見るわけじゃないから気にしたら負けだろう。

「比呂、沈下橋《ちんかばし》だ」

柏木の声に窓の外へ視線向けて……オレは慌てて窓を開ける。

まっすぐな、コンクリートの道だけの橋。欄干がなくて……こんな大きな車で行けば、ハンドル操作を誤って川へ落ちてしまいそうだ。

「すげ」

それでも果敢に進むベンツ。

これ、車が向こう側から来たら絶対にすれ違えない。それどころか、人がいても怪しいかもしれない。

身を乗り出すように下を覗《のぞ》くと、川の色は青じゃなかった。深い緑のような水がゆったりと流れている。

これ、田舎《いなか》での理想の夏休みを思い浮かべたときに、頭に浮かぶやつだ。ここから地元の子たちは次々飛び込んでいくのに自分はなかなかできなくて、帰る前の日にやっと飛び込むことができると笑顔で『お前ももう仲間だな！』って言われる一幕。日本国民なら一度はあこがれる夏休み。

「川の水量が増したときに橋が流されないように、シンプルな構造にしているらしい」

そう言われて、周囲を見渡す。

川幅は、百メートル以上ありそうだ。水面ははるか下。それなのに、この橋が沈んでしまうことを想定しなきゃならないほどの水って……。

「すげ……」

自然ってすごい。そしてぜひ夏に来て飛び込みたい。

そう思って隣を見て……ああ、無理だなと思う。制限するものがない自然の中でも、柏木の水着姿は周囲の迷惑だ。あれか。ウェットスーツみたいなのならありかな？　でも川でウェットスーツは違うような気が……。

「どうした？」

「いや、お前の刺青《いれずみ》……いろんなところで制限されそうだと思って」

どうせ柏木が水着ではしゃいで川に飛び込むなんてことはないだろう。ないだろうけれど、一緒にやりたかったと思う。

そのあと屋形船に乗り込んでの昼食は最高という以外に言葉がなかった。

観光列車、すごい。

途中の窪川《くぼかわ》という駅から乗り込んだ観光列車は椅子《いす》が海を向いていて、太平洋を眺めながら進んだ。

そこで誕生日ケーキが登場して、ようやくオレは今日がその日だったことを思い出す。

高崎さんがアニソン風にバースデーソングを歌ってくれたりして、むっちゃ楽しかった。

高知市内の少し手前、安芸《あき》で降りて、夕食は貝！　高崎さんおすすめの、筏《いかだ》の上のレストランだ。

入り江になっている海の上に、マジで建物がある。小さい建物じゃない。ほんとに家が浮いてる感じだ。

そこへ向けて小さな細い桟橋がかかっていて、恐る恐る足を踏み出す。手すりを持ってないと落ちそうなくらい怖いのに……。

「何これ、面白《おもしろ》い！」

安瀬さんが揺らしてくるから死にそうになる。

「揺らさないでぇ！」

「え、ちょっとくらいスリルある方が楽しいじゃん？」

「安瀬」

柏木が止めてくれてよかった。死ぬかと思った。

やっと辿《たど》り着いた先は、座敷が広がっている。四人くらいが座れる低いテーブルの上にそれぞれ網の乗ったコンロが置かれていて期待が膨らんだ。

案内されたのは海が見える窓際の席だ。

海の上なので窓の下は当然、海。色は青というよりは緑のようで、底が見えそうなくらい澄んでいる。

予約のときに注文は済ませてあったのか、すぐに貝が盛られた大きな皿が運ばれてきた。

「すげっ。動いてる」

ホタテに似た貝がパクパクしている。ホタテ……じゃないよな？　貝の色が、黄色に赤に紫。

「長太郎《ちょうたろう》っていうんですよ」

お店のおばさんが教えてくれた。長太郎。高崎さんが言ってた気がする。

「これが、ながれこ。こっちがはまぐり」

はまぐり。はまぐりならわか……。わかる、と思ったのにオレが知ってるはまぐりよりあきらかにでかい。

「ながれこは、とこぶしとも言う。アワビの子供だ」

柏木がそう言いながらトングで網に乗せていく。そう言われれば、こいつアワビに似ている。子供だから当然か。そう思っていると……これも動いた。貝殻にくっついて離れないけれど、火に炙《あぶ》られてぐりんぐりん動く。か、貝ってこんなに動くもんなんだ……。次々に網に乗せられていく貝を見ながら、ごくりと喉《のど》を鳴らす。これが美味《うま》くないわけない。

「生ビール」

欲しい。

これを目の前にして飲むななんて馬鹿なことは言わないよなと柏木を見つめると、柏木は少しだけ眉《まゆ》を上げた。

「生ビール」

もう一度告げると、小さく溜息《ためいき》をつく。

「一杯だ……」

「おばちゃん、生ビール！」

柏木の気が変わらないうちにと、食い気味に注文する。横の席で高崎さんと座っている安瀬さんが笑っている。てか、そっち……刺身あるんですけど！

「刺身！」

オレが指をさすと、高崎さんが小皿によそってくれた。海がこれだけ近いんだ。刺身だって新鮮に決まっている。

おばちゃんがビールを持ってきてくれて、刺身に貝に……。オレ、美味いもので死ねるかもしれないと思った。


貝のレストランを出るころにはあたりはすっかり暗くなっていた。これから今日の宿である高知市内へ向かうようなのだが、ここからまだ一時間程度かかるらしい。高知、広い。

車の窓を開けていると、潮風が入り込んでくる。海のすぐそばの道は潮の香りと波音を感じられて、ここは東京《とうきょう》じゃないなと改めて感じた。

東京との違いは音だと思う。

人が多い都会では、いろんな音が入り込む。車の音だけでも半端ない。電車の音や、こういう海沿いなら船の汽笛も響くだろう。

けれどここでは圧倒的に音が少ない。

だからこそ感じる自然の音にちょっと感動する。

「せっかくだから、桂浜《かつらはま》に寄っていこう」

柏木の言葉に、外を見た。もう日は沈んで暗くなっている。桂浜、というからには浜辺のはずだ。昼間の方が楽しめるんじゃないだろうか。

「桂浜は月の名所でもあるんですよ」

助手席から高崎さんが声をかけてきた。いつもはオレと柏木の会話に口を挟んできたりはしないけれど、桂浜という言葉にテンションが上がってるのかもしれない。

「坂本龍馬の銅像もありますし」

ああ、それだ。

高崎さんが思わず口を出したのはそれが見たいからだろう。


広い駐車場に車を停《と》めて桂浜の案内表示に従って歩いた。昼間だったら、開いていただろう土産物屋《みやげものや》のシャッターが少し寂しい。

土産物屋の間を抜けて階段を上ると、見上げるように大きな坂本龍馬の銅像があった。海から見ると丘のような場所に立った坂本龍馬は有名なあの写真と同じ格好だ。その視線は、まっすぐ海へと向けられている。

想像していたよりも随分大きな銅像を見上げるけれど、街灯のほのかな灯では顔まではよく見えない。

けれどその存在があるということだけで高崎さんにはじゅうぶんらしく、少し涙目で坂本龍馬を見上げていた。

そんなに好きなのか。好きなんだな。

「比呂。この下が桂浜だ」

柏木が指さす方向を見ると、細くて白い階段が下へと続いている。高崎さんは……、坂本龍馬に夢中なので置いていくことにした。柏木がいるんだし、大丈夫だろう。

恐る恐る階段を降りていくと、砂浜には端まで続くコンクリートの道がある。その道を逸れると小石交じりの砂浜が続いている。

夜の海は静かだ。波の音が響くぶん、自然が身近に感じられて少し怖いとさえ思う。人工の灯《あかり》が届かない場所があるせいかもしれない。

けれど波の音が響く中、暗闇《くらやみ》にぽっかり浮かぶ月は確かに名所と呼ばれるだけの美しさがあった。

ぼんやりとその絵画のような景色に見とれていると、『オウッ、オウッ』という不可思議な鳴き声が聞こえた。静寂を打ち破る不自然な声に思わず足を止める。

「今の……」

鳥じゃない。何かの動物……？　待って。今の泣き声って、何？

「ああ、あそこだな」

柏木の指さした先に、『水族館』の看板。

「え？」

月の名所。優美な観光地。そこに響く謎《なぞ》の鳴き声。

『オウッ、オウッ』

　再びその声が響いてびくりとすると、柏木が笑った。

「アシカショーと書いてある。アシカじゃないか?」

　アシカ?

　月の名所にアシカ?

　思わず、柏木と一緒になって笑う。

　近くまで走っていって、門の中を覗き込んだけれど残念ながら生き物の姿は確認できなかった。微妙なゆるキャラの看板を確認できただけだ。

「アシカ、見たかったなー」

　ちょっとでも姿を確認できたらと思ったけれど、見えるようなところにはさすがにいないみたいだ。

「比呂、波打ち際まで行ってみるか?」

　柏木に誘われて、水族館の建物から離れる。

　近いように見えた波打ち際は、砂に足を取られながら歩くと案外時間がかかった。

「比呂」

　柏木が腕を広げるから、誘われるようにそこに身を預ける。

　海と空の暗さが遠くでひとつになっているのを眺めていると、言葉が出なかった。

「比呂、手を出せ」

そう言われて右手を開いて差し出すと、口元を緩めた柏木がオレの左手を取った。

「？」

わけのわからないまま眺めていると、ポケットから小さなものを取り出した柏木が左手の指に何かを……。

「うわっ、ちょっと待って！」

それが指輪だと気づいて慌てて手を引こうとするけれど、がっちり摑《つか》まれた手はほどけない。オレの抵抗虚《むな》しく、銀色に輝くそれは薬指にしっかり収まった。

「待ってくれ。同意なしに嵌《は》めるもんじゃねえだろ」

左手の薬指。

そこに嵌められたシンプルな指輪はとてつもなく大きな意味を持つはずだ。

「俺の覚悟だ。この先、お前を離すことはない。泣いて嫌がってもそれはそこにあるべきものだ」

あるべきもの、と言われて……嬉《うれ》しくないわけじゃない。そうじゃないのだが、強引すぎる。

「あのな……、こういうのは結婚してから……」

「結婚なんて意味があるのか？　他人が作った決め事の書類にすぎないだろう。それなら、これの方に意味がないか？」

オレの手を取って、そこに嵌まる指輪に口づける柏木は相変わらず、愛が重い。

「そんな意味のあるものを同意なしに着けるなって言ってるんだよ」

「言っただろう。これは俺の覚悟だと。愛してる、比呂」

ストレートな言葉にぐわっと顔が赤くなる。

柏木のまっすぐな言葉なんて今更なのだが……指輪まで嵌められてしまうと、さすがに込み上げるものがあって……。

「貸せ」

思わず、手を出した。

「？」

「これ、もうひとつあるんだろう？」

柏木が嵌めた指輪は、対になっているはずだ。オレのものだけ用意したとは思えない。

にやりと笑った柏木が、ポケットからオレのより少し大きなそれを取り出す。

「……」

期待を込めた目でこちらを見る柏木からその指輪を受け取って、オレはぎゅっと握りしめた。

「比呂？」

そのまま指輪を握り込んだ手をポケットに押し込む。

「柏木、オレに時間をくれ」

「時間？」

「オレはまだ、なんにもなっていない。学生だし、稼ぐってこともしていない」

「それは……」

「必要ないなんて言わないでくれ」

柏木の目をまっすぐに見つめる。

「ちゃんと自分の足で立てたら、お前にプロポーズするから。だから、それまでこの指輪、オレに預からせてくれ」

お揃いの指輪を嵌めたら、対等になれるわけじゃない。

オレはまだ柏木のお父さんの言うように『地に足のついていない子供』なんだ。

柏木と一緒にいる未来がどういうものかまだはっきりしていない。けれど、オレが一方的に寄りかかるだけじゃ、オレはいつか自分を見失ってしまいそうだ。

友喜と一緒に書いたメモを思い出す。

『嫁』が消えて、『愛人』も消えた。残った項目は……それでもまだ決定じゃない。

「生意気なことを言う」

「嫌いじゃないだろ」

「……ああ、そうだな」

柏木の手が頬《ほお》に触れる。

そのまま近づいてくる顔に、ゆっくり目を閉じて……。

『オウッ、オウッ』

響いた鳴き声に、思わず動きを止めた。それは柏木も同じだったようで、ふたりで顔を見合わせて笑う。

「お前が俺にプロポーズできるようになるまでに、法律でも整えておくか」

「なんの法律？」

「同性婚」

「は？」

「今は世論もそういう風潮がある。大丈夫だ。ほんの少し、その世論を煽《あお》って、政治家に金を握らせれば……」

ぶつぶつ言う柏木は本当にそれをしてしまいそうで恐ろしい。

「他人が作った決め事って……」

「それはそれだ。せっかく比呂がプロポーズをしてくれるのなら、全力で受けるしかないだろう」

法律まで変えようとするなんて、どんな全力だよ。

「愛してる、比呂」

「ああ」

オレも、と言いかけて口を閉じる。

同じじゃない。それに柏木が愛してくれるから愛しているわけじゃない。

「愛してるよ、柏木」

大声で叫んで飛びついたオレを柏木が笑って受け止めた。

あとがき

『ヤクザに永遠の誓いを迫られています』を手に取っていただき、ありがとうございます。稲月しんと申します。

このシリーズも気がつけば三作目！　こうしてシリーズとして続編が出せるのも応援していただいている皆様のおかげです。

今回は大阪でのドタバタがメインではありますが、そのあとでふたりは高知へ向かいました。最初にどこか別の舞台でとお話をいただきましたが、あいにくあまり旅行をしてきた方でもなく、このコロナ禍に取材旅行というのも気がひけて、よく知っている高知を舞台にさせていただきました。

出身は愛媛なんですが、高知にも数年間、住んでいたことがあります。

高知、魅力がたっぷりです。食べ物もおいしいし、自然いっぱいです。書きたかった場所は他にもたくさんあるのですが、書き切れない！

行ったことがある方は高崎さんみたいに高知好きになっている方も多いんじゃないかと思ったりします。

私自身も高知を離れてから年に一度ほどは行っていたんですが、コロナが始まって長い間行くことができていないのが悔しい。次に行った時は仁淀ブルーを見に行くんだと心に誓っていますが、まだしばらくは先になりそうですね。

イラストはデビューのときからお世話になっております秋吉しま先生です。いつも素敵な絵をありがとうございます。柏木も比呂も、先生に描いていただくことで生き生きとしてくるような気がいたします。

また編集のG様にも毎回、助けていただいて感謝しかございません。ありがとうございます。

前作『ヤクザの愛の巣に鎖で繋がれています』は出版自体危ぶまれるような自粛の中での発売でした。それにもかかわらず、多くの方に手に取っていただき、こうして続編が出されることを皆様に感謝したいと思います。

本当に、本当にありがとうございました。

稲月しん

四万十川へ向けて

「高崎。あちらには安瀬もいる。そんなに急ぐ必要はないぞ？」

車に向かう私にそう声をかけたのは玉城さんだ。

飛び立っていくヘリを見送ってしまってから一時間。各所への報告や手配を終えて、準備ができたところだった。

もともと社長がゴルフを終えてからの時間は比呂さんのために空けてあった。しかし、ゴルフも……プレーは終わっていたとはいえ、その後の会談などはせずに戻ってきてしまったようなものだ。

おまけに会長まで予定を切り上げて東京に戻ることになった。その理由も理由であるし、玉城さんの忙しさは尋常ではないはずだ。それにもかかわらず、私にまで声をかけにくる。時々、この人は体を分裂させて仕事をこなしているんじゃないかと思う。

「明日の朝、飛行機で出ても間に合うんじゃないか？」

「ですが……」

ヘリは恐らく、明日に行く予定だった四万十川近くに向かっただろう。そちらには昨日から安瀬さんがいる。随分早くに行くものだと思ったが、こういうことを想定していたのかもしれない。

高知龍馬空港から四万十まではかなりの距離がある。

午前中に空港に着いてもそちらまでは辿り着かずに、途中で合流することになってしまう。それは……、おそらく比呂さんや社長が四万十川の雄大な流れを楽しんだあとになるはずだ。

そう……。

四万十川を観光し終えたあと。

ぐっと拳を握りしめる。

こういうことに私情を挟むものではない。ないのだが……。

「あら。それは可哀想よ。高崎、四万十川大好きだもの」

真横から聞こえた声に顔が引きつった。自分の頭の中を覗かれたような気がして振り返ると、そこには着物姿の敬一さ……ケイさんがいた。

「いえ。そういうことではなく、私は比呂さんの護衛なので」

声が微かに上ずって、ケイさんがにやりと笑う。

「そういうことにしておいてあげてもいいけど。そうね、今から出るとずいぶん朝早くに向こうに着くわ。途中で寄り道もできるんじゃない？」

寄り道？

考えもしなかったことに眉を寄せる。

「四万十川の源流点……。貴方、見たことある？」

その言葉に汗がダラダラと流れ始める。

四万十川の源流点……。

山の中に流れる、小さな湧き水のような場所だと聞く。四国カルストから流れてきたひとすじの小さな流れがやがて大河になる。その始まりの場所。

「今から出れば、寄り道するくらいの時間はあるんじゃないかしら？」

頭の中でざっと計算する。

淡路島経由で高知まで休憩を入れて五時間。さらにそこから四万十方面へは三時間。明日の十時までには比呂さんたちのいる場所に着いておきたいとしても、余裕は五時間ほどある。

行ける。

今から出れば行ける。

しかも、運転手をひとり連れていけば、交代で運転することもできるから睡眠も確保できるはずだ。

しかし、汗が流れるのは……今回の旅が私用ではないということだ。比呂さんの護衛を任せられている私にとって、早く行くことは使命のようなもの。

「大丈夫よ、高崎。貴方の勤務は、浩二さんが比呂ちゃんのそばにいないときなんでしょう？　今、浩二さんは比呂ちゃんにべったりなはず」

「しかし……」

「本来ならあなたの今日の勤務は終わっている。そして明日の勤務の始まりはヘリの乗るはずだった十時ごろでしょう？」

ケイさんが耳元で告げる言葉はまるで悪魔の囁きのようだ。

「別にかまわないぞ？」

玉城さんが、さらりと言ったひとことに驚いて顔を上げる。

「今回、比呂さんが行き先を高知にしたのは高崎の慰安のようなものだと言っていた。普段、休みがないことも気にしてらした。若が連れ去ったんだ。どうせ明日も昼過ぎまで動けないだろう。それに安瀬もいる。無理して四万十で合流することもない。高知市内で待っていても問題ないくらいだ」

明日、飛行機で行くことを提案していた高崎さんからすれば、そういうことになるのかもしれない。

比呂さんが慰安旅行のようなものと言っていたことも事実だ。護衛に対して慰安など必要はないが、それを断ってしまえばまた新たに何かしようとするだろう。それは非常に困る。比呂さんが動くときはトラブルが起きやすい。大げさなくらいに慰安されていると見せた方が丸く収まる。

だが、しかし……！

「ああ、もう。細かいことはいいじゃない。とりあえず、出発しましょう？　高知、楽しみなの」

ケイさんが当然のように車の後部座席に乗り込み……？

「え、ケイさん？」

「高知に行くって言ったじゃない」

確かに明日のヘリにはケイさんも同乗する予定だった。

「いや、ですが」

まさかケイさんがこの強行軍に同行するつもりだとは思わなかった。明日、ヘリで向かう予定だったから一緒に行くことにしたとばかり。

「知ってる？　源流点の近くには……龍馬脱藩の道があるの」

「脱藩の道……！　まさかケイさん……」

キラリとケイさんの目が光る。

「私、行くわ。準備も済ませたの」

乗り込んだ後部座席には、いつのまにか大きなリュックと紙袋が用意されていた。紙袋からちらりと見えるのは着替えだろうか。よく見ると有名なアウトドア用品店のロゴが入っている。社長たちが出発したのを聞いて慌てて購入してきたのだろうが、さすがに着替える時間まではなくて持ってきたというところだろうか。

「源流点の近くまで連れていってくれればいいの。そこから私は『彼』が歩いた道を行く！」

握りしめる拳から、並々ならぬ気配が伝わってくる。

そこまで覚悟を決めて脱藩の道を行くのだというケイさんを止める方法はない。いや、むしろ手助けしなくてどうするんだ。

「行きましょう！」

後ろで見ていた玉城さんが肩を竦めたように見えたが、気のせいだったに違いない。

そこから先は……仮眠どころではなく、幕末の志士の話に終始し高知までの旅はとても有意義な時間になった。

いつか私も脱藩の道を歩きたいが、今はその夢をケイさんに託そうと思う。

稲月しん先生、秋吉しま先生へのお便り、
本作品に関するご意見、ご感想などは
〒101-8405
東京都千代田区神田三崎町2-18-11
二見書房　シャレード文庫
「ヤクザに永遠の誓いを迫られています」係まで。

本作品は書き下ろしです

CHARADE BUNKO

ヤクザに永遠《えいえん》の誓《ちか》いを迫《せま》られています

2021年10月20日　初版発行

【著者】稲月《いなづき》しん

【発行所】株式会社二見書房
東京都千代田区神田三崎町2-18-11
電話　03(3515)2311［営業］
　　　03(3515)2314［編集］
振替　00170-4-2639
【印刷】株式会社 堀内印刷所
【製本】株式会社 村上製本所

落丁・乱丁本はお取り替えいたします。
定価は、カバーに表示してあります。

ISBN978-4-576-21151-0

https://charade.futami.co.jp/

CHARADE BUNKO

今すぐ読みたいラブがある!

稲月しんの本

俺たちが結ばれてなにが悪い

獣人王の側近が元サヤ婚を願いまして

イラスト＝柳 ゆと

獣人の国で英雄譚を馳せる将軍ガスタは、王命により元恋人ラインのもとへ。だが久方ぶりの再会に昂ぶったガスタは虎に変じてしまう！　人語も話せず元にも戻れず、愛だって語れない！　ラインの情けにすり寄り、ガスタは国へ連れ帰ってもらうことになるが…。『獣人王のお手つきが身ごもりまして』スピンオフ！